자기표현과 소통을 위한
대학 글쓰기

권복순(문학박사, 국문학)

김소정(문학박사, 국문학)

김정호(문학박사, 국문학)

문범두(문학박사, 국문학)

박지영(문학박사, 국어학)

양지현(문학박사, 국어학)

최미선(문학박사, 국문학)

자기표현과 소통을 위한
대학 글쓰기

초판 1쇄 발행   2018년 2월 28일
초판 4쇄 발행   2020년 2월 24일

지은이 | 국립경남과학기술대학교 글쓰기 교육연구회
펴낸곳 | (주)태학사
등   록 | 제406-2020-000008호
주   소 | 경기도 파주시 광인사길 223
전   화 | (031)955-7580
전   송 | (031)955-0910
전자우편 | thspub@daum.net
홈페이지 | www.thaehaksa.com

값은 뒤표지에 있습니다.

ISBN 978-89-5966-946-2 (93810)

자기표현과 소통을 위한

대학 글쓰기

국립경남과학기술대학교 글쓰기 교육연구회

태학사

지식을 얻는 방법이 다양해지고 정보를 활용하는 능력이 중요한 시대이다. 또한, 얼마나 많은 정보를 가지고 있는지보다는 얼마나 잘 표현할 수 있는지에 따라 능력이 평가되고 있다. 지식과 정보를 전달하는 데는 말과 글이 중요한 수단이다. 일상의 일이나 대학생활을 하면서 얻은 지식과 정보를 글로 써야 하는 일이 많다. 즉 새로운 지식과 정보. 연구 결과들은 가장 효율적인 구성과 표현을 갖춘 글로 써서 독자들에게 전달할 수 있어야 한다. 전자우편이나 휴대전화 문자로 간단히 이루어지는 의사소통과 달리 특정한 주제에 대해 자신의 논지를 펼치는 글은 체계적인 글쓰기 교육이 필요하다. 글은 삶이며, 생각을 붙잡아 두는 도구이다. 글에는 일반적인 체계와 형식이 있으며, 글을 잘 쓰기 위해서는 일정한 절차에 따라 쓰는 것도 필요하다. 그러므로 대학에서 글쓰기를 필수 교과로 정하여 글쓰기 교육을 강화하는 것은 글을 쓰는 과정을 통해서 자신의 앎을 체계화하고, 보다 깊고 넓은 사유를 하도록 하는 데 있다.

　최근에는 다양한 형식을 시도한 글쓰기 책도 많고 내용상으로도 전에 없던 변화를 담은 글쓰기 책도 있다. 집필진이 모여서 여러 차례 의논을 하면서 기존의 책들과 차별화될 만한 시도를 해 보기도 하고, 새로운 방향으로 틀을 잡아 보려 했으나 결국은 원래 자리로 돌아와서 편집 방향을 잡게 되었다. 옛것이 좋아서가 아니라 교양과목으로서 갖추어야 할 '대학글쓰기'가 해야 할 것은 기본을 다지는 것이라는 판단 때문이었다.

책의 구성은 한 편의 글을 완성해 나가기 위한 과정을 전개하는 방식으로 엮었다. 소통을 위해 맨 먼저 해야 할 일은 주제를 찾아야 한다. 글을 쓰는 데 있어서뿐만 아니라 세상살이를 현명하고 지혜롭게 하기 위해서는 '주제'를 먼저 알아야 한다. 그런 다음, 글쓰기를 하기 위해서 꼭 갖추어야 할 기초 능력과 글쓰기의 절차, 글을 펼치는 데 필요한 방법, 실용글쓰기 부분으로 구성하였다. '구상과 개요 작성'에서는 주제를 정해서 개요를 작성해 보고, '단락의 구성과 전개'에서는 중심문장과 뒷받침문장들의 관계, 중심문장의 위치 등과 같은 단락쓰기에 필요한 내용들을 정확하게 알고 글쓰기 연습을 할 수 있도록 하였다.

제1장 글쓰기의 의의에서는 글을 쓰는 이유와 글쓰기의 가치에 대해 서술하였다. '글쓰기란 무엇인가', '현대인의 삶과 글쓰기', '좋은 글쓰기의 조건'으로 구성하였다.

제2장 글쓰기의 절차에서는 글쓰기를 하기 위해서 가장 먼저 거쳐야 할 과정을 서술하였다. '주제의 설정', '자료의 수집과 정리', '구상과 개요 작성'으로 구성하였다.

제3장 단락의 구성과 전개에서는 '단락의 특성'과 '단락의 생성', '단락의 유형', '통일성과 긴밀성'에 대해 구체적인 방법을 소개하고 연습하도록 구성하였다.

제4장 바른 표현과 정확한 문장에서는 '표준어와 맞춤법', '어휘의 바른 사용', '문장 표현의 적절성', '비문과 수정', '띄어쓰기의 이해'를 내용으로 구성하였다.

제5장 기술방법의 유형에서는 '설명, 논증, 묘사와 서사'의 방법으로 글쓰기 연습을 할 수 있도록 하였다.

제6장 실용 글쓰기에서는 '보고서', '자기 소개서', '발표문', '프레젠테이션', '사회생활과 실용문'을 내용으로 구성하여 다양한 글쓰기 방식에 대해 연습하도록 하였다.

차례

제1장

글쓰기의 의의

1

글쓰기란
무엇인가

　인류는 오랜 세월 더불어 살면서, 생각을 나누고 세상과 소통하기 위해서 말과 글을 정교하게 부리는 기술을 익혔다. 타인과 함께 생활해 나가면서 감정이나 느낌을 드러내는 것은 '의사'가 되며, 그것을 나누는 행위는 '소통'이 된다. 의사소통을 위한 도구는 음성언어인 말과 문자언어인 글로 이루어진다. 음성언어로 이루어지는 언어활동은 듣기와 말하기이며, 문자언어가 중심이 되는 언어활동은 읽기와 쓰기이다. 읽기와 쓰기는 인류의 문명이 모양을 갖추는 데 중요한 역할을 했으며, 학문행위의 바탕으로 자리 잡게 되었다. 또한, 인간은 자신이 겪은 일들에 대해 이야기를 나누기를 좋아했으며, 사람살이를 통해 얻은 감정이나 사상 등이 문자언어로 정리되면서 삶이 변화하고 발전하게 되었다. 언어활동을 하면서 인간은 생각과 느낌과 사상들을 공유할 수 있게 되었다. 특히, 문자언어는 장구한 역사성을 갖추고 있으며, 인간 삶의 실제적인 이해관계와 직결되어 있다.

　음성언어인 말과 문자언어인 글은 의사소통의 도구라는 점에서는 같으나 전달하고자 하는 상황에 따라 차이가 있으며 효과도 다르다. 글쓰기를 중심으로 이루어지는 문자언어는 사상을 체계적으로 정리하여 전달하고 드러내는 데 유리하다. 필자의 의도와 독자의 수용이 전제되어야 하며, 글이 완성된 후 독자의 손으로 넘어가면 수정이나 보완이 어렵다. 한편, 음성언어인 말하기는 화자와 청자 사이에 직접적으로 마주보며 소통이 가능하기에 상황에 따라 말을 바꾸거나 보탤 수도 있다. 따라서 글쓰기는 말하기보다 상대적으로 더 어려운 일이다.

글쓰기는 문자언어를 도구로 하여 필자와 독자 사이에 이루어지는 의사소통 행위이다. 글을 쓰는 행위는 일상생활을 영위하면서 자신의 생각이나 감정을 목적에 따라 독자의 수준에 맞추어 설득력 있게 표현함으로써 문제를 인식하고 해결해 나가는 사고의 과정이다. 따라서 글을 쓰기 위해서는 끊임없이 쏟아지는 새로운 정보들을 걸러 내고 깊이 생각하여 특별한 자신만의 해석을 할 수 있어야 한다. 글은 다양한 요소를 갖추어야 하기에 말을 하는 것보다 쉽지 않은 일이어서 정확한 메시지를 전달하기 위해서는 연습이 필요하다. 글을 쓰기 전에 무엇을 어떻게 써 나갈 것인지 고민을 해야 하며, 말하기가 갖지 못한 수준 높은 사고를 동반하는 행위에 부담을 느끼거나 겁을 낼 수도 있다. 글쓰기에 부담을 가지는 사람들이 지니는 부정적인 생각은 빼어난 문장력으로 물 흐르듯 자연스럽게 잘 써야 한다는 선입견 때문인지도 모른다. 따라서 글쓰기도 언어활동이며, 말하기와 마찬가지로 자연스럽게 이루어져야 한다는 생각을 갖고 두려움을 버리고 잘 할 수 있다는 자신감을 지녀야 한다.

말하듯이 쉽게 쓰는 글이 좋은 글이라고는 하지만 글쓰기에는 특정 글감과 주제, 글의 목적에 따른 형식이 있다. 말은 앞뒤가 맞지 않을 때도 있고 때에 따라서는 두서없는 말하기가 허용될 때도 있다. 글쓰기는 생각을 정리하고 가다듬은 후에 목적과 형식에 맞추어 단어와 문장, 단락의 구성까지 정확하게 얼개를 잡아야 한다. 즉 생각을 체계적으로 정리해야 '글쓰기'라는 행위를 본격적으로 해낼 수 있다. 말을 아무리 잘 하는 사람이라도 자신의 생각을 체계적으로 표현하고 전달하는 것이 쉽지 않을 때도 있다. 그런 점에서 글쓰기는 말하기가 담당할 수 없는 영역을 확보하고 있는 셈이다.

2

현대인의
삶과 글

책을 읽는 시간보다 인터넷 서핑을 하는 시간이 길어지고 있고, '15초의 예술'이라는 광고는 웬만한 한 편의 시보다 더 시적인 글들이 많다. 140자로 의사표현을 해낼 수 있는 이 시대의 글쓰기는 어느 공간, 어느 장소에서도 쉽게 할 수 있으며, 누구나 글쓰기를 할 수 있는 능력을 갖춘 때이다. 글을 쓴다는 일이 무겁고 엄숙하며 특정한 계층만이 누릴 수 있었던 능력이 아니라 누구라도 언제 어디서나 살아 있는 글쓰기를 할 수 있는 시대를 맞은 것이다. 함부로 쓴 글이 많은 사람들에게 상처를 주기도 하지만, 말하기와 글쓰기의 기능이 구분조차 되지 않을 정도로 글쓰기는 무한대로 확장되고 있다.

이해하기 힘든 서적들이 한 권의 만화로 출간되기도 하며, 다양한 형태의 지식 습득 방식은 인간의 인지 구조 자체가 변경될 수 있다는 예측도 낳는다. 생각이 복잡하고 난해한 철학적 담론까지도 컴퓨터 게임처럼 즐기면서 이해할 수 있는 시대가 될 것이라고 전망하는 경우도 있다. 학생들도 이러한 환경 변화에 따라 말하기와 글쓰기 중 말하기 쪽을 선호하고 있으며, 맞춤법과 띄어쓰기를 가르치고 잘못된 문장을 바로잡는 식의 글쓰기 교육에 제동이 걸리기도 한다. 의사소통 매체의 다양성과 인터넷의 확산은 문자언어에 제한되어 있던 글쓰기 교육이 어떤 가치와 의미를 지니는가 하는 회의를 불러온다. 글쓰기 교육은 시대의 변화와 함께하면서 새로운 방법으로 변화하고 진화해야 한다. 그러기 위해서는 글을 잘 쓸 수 있도록 여러 종류의 글을 연습해야 하며, 글쓰기 능력은 타고난 재능을 지닌 몇몇 사람들에게만 주어진 것이 아니라는 것을 인식해야 한다. 인간에게서 표현 욕구를 거세시키지 않는 한 글쓰기 능력을 갖추게 하는 것은 언제나 가능한 일일 수밖에 없다.

대학 생활에서 해내야 하는 지적 행위는 글쓰기로 이루어진다. 대부분 과목에서 부과하고 있는 과제물은 글쓰기를 바탕으로 이루어져야 하며, 몇몇 과목을 제외하고는 시험 답안지도 서술형으로 써야 한다. 따라서 대학에서 글쓰기를 요구하는 것은 학문의 주체로서 자기 자신과 자신을 둘러싼 세계를 이해하기 위한 과정이자 절차이다. 때에 따라서 글을 쓰는 행위는 상대를 직접 대면하고 하는 소통의 현장이 아니기에 독백의 측면도 있으나 글을 쓴 결과물은 자신만의 것이 아니기에 독백이 될 수는 없다. 개인의 고백인 일기조차도 시대를 담아내는 반성의 기록물로서 인류에게 공감을 허락한다.

때에 따라서는 글쓰기가 일상생활을 영위해 나가는 데 실용적인 이득을 얻을 수도 있다. 대학을 떠나 사회로 뛰어든 순간부터 다양한 글쓰기를 요구하는 것이 현실이다. 자기 소개서나 보고서, 기획서, 제안서, 공문이나 발표문 등은 사회생활에 필요한 자신을 알리는 도구가 될 수도 있다. 그 외에도 제품 사용 설명서, 투자유치 설명서, 광고 카피, 고객 감사 편지, 민원 처리, 모임 안내문, 홍보 메일, 휴대폰 메시지에 이르기까지 글쓰기 능력을 요구하는 곳은 점점 많아지고 있다. 인터넷 매체의 다양한 전달 수단은 글쓰기를 전제로 하고 있으며, 글쓰기 능력은 극심한 경쟁 체제의 사회구조 속에서 개인이 자신을 드러내어 뛰어난 능력을 인정받을 수 있는 효과적인 수단으로 자리 잡고 있다.

과학자와 엔지니어들도 자신의 시간 중에서 30%를 쓰기와 관련된 일에 쓴다고 한다. 승진할수록 글쓰기가 차지하는 비율이 높아져서 일반 연구원은 34%, 중간 관리자는 40%, 매니저는 50%의 시간을 글을 쓰는 데에 쓴다고 한다. 특히 매니저의 70%는 쓰기 능력이 개인의 경력과 출세에 큰 영향을 준다고 응답했다.

인터넷이 보편화되면서 기업이나 공공기관에서는 인트라넷을 구축하여 전자결재 시스템으로 의사소통을 하는 것이 일반화되었다. 업무처리를 위한 방법이 사람들 사이의 일이 아니라 글로 이루어진다고 해도 과언이 아니다. 사람들과 직접적인 소통은 물론이고 사람들과 마주 보고 부족한 내용을 보충 설명할 수 있는 기회 또한 줄어들고 있다. 전자 입찰제도 때문에 건설 현장의 소장들도 글쓰기 교육을 받고 있으며, 일부 대기업에서는 전 직원에게 소통과 설득을 위한 글쓰기 교육을 시킨다고 한다.

좋은 글쓰기의 조건

좋은 글은 말하듯이 자연스럽게 생각을 펼치는 글이다. 복잡한 생각을 풀어내어 조직화하고, 문제를 인식하여 해결 과정을 모색해 보는 것이 글쓰기에서 가장 먼저 해야 할 일이다. 그러므로 글쓰기를 함축적 표현을 기반으로 하는 기교적인 활동으로만 생각해서는 안 된다. 글쓰기는 감정이나 느낌의 함축적 표현보다는 지적인 활동이며 문제를 제기하는 활동이다. 즉 일반적으로 글을 쓰는 일은 문제를 발견하고 그 문제를 주체적인 관점에서 해결을 모색하며, 그 결과를 형식과 조건에 맞는 언어로 표현하는 과정을 거쳐야 하는 것이다. 따라서, 글쓰기는 종합적 사고를 거친 지적 활동의 결과물이 되며, 언어 능력을 기르는 수단이 된다. 글쓰기가 명쾌한 사고 능력을 함양하는 것은 명백한 사실이며, 아울러 자아 발견과 형성에 핵심적인 지적 작업이 된다.

글을 쓰는 행위가 독자와 필자 간의 소통으로 시작하여 사람의 마음을 움직이는 데 있다면, 글은 필자의 의도와 독자의 수용에 적합한 글이어야 한다. 글에는 쓰는 목적에 따라 감정이나 느낌을 중심으로 하는 창작적 글쓰기와 설명적 글쓰기가 있다. 글을 펼치는 방법 중에 서사와 묘사는 창작적 글쓰기이며, 설명과 논증은 설명적 글쓰기이다. 왜 글을 쓰는지, 누가 읽을 것인지를 분명히 의식함으로써 목표가 세워진다는 의미이다. 따라서 글의 성격과 종류는 독자와 필자의 의도와 목적에 따라 달라진다. 또한, 좋은 글을 쓰려면 글쓰기에 필요한 자료를 풍부하게 준비해야 한다. 자료가 많다고 좋은 것은 아니지만 자료를 효율적으로 활용할 때 글의 내용은 충실해진다. 사실이든 사실이 아니든 글쓰기에 필요한 것은 자료를 어떻게 활용하여 설득력 있는 글로 구성하느냐가 중요하다. 자료를 정리하는 과정은 글을 쓰기 위한 구상을 구체화하는 과정과 함께해야 한다. 자료를 정리한다는 것은 관계를 설정하는 일이 되며, 자료들을 인과에 따라 논리적으로 배치하는 일이 된다. 자료의 배치는 곧 글을 쓰기 위해 구상하고 개요를 짜는 일이다.

음식마다 조리법이 다른 것처럼 글의 종류와 성격에 따라 글을 쓰는 법을 달리해야 한다. 글 쓰는 법은 오랜 연습으로 얻을 수 있는 능력이며, 다양한 종류의 글들을 꼼꼼히 읽는 것도 중요하다. 잘된 글은 주제가 형식과 잘 어울리고, 내용이 풍부하면서도 체제가 균형을 이루고 있다. 글쓰기에서 드러나는 조화와 균형의 힘은 색다른 요소를 어울리게 만드는 데 있다.

목적과 의도에 맞는 좋은 글이란, 주제가 분명하며 논점이 뚜렷한 글이다. 주제가 적절하고 타당해야 하며 문장이 명확하면서도 간결해야 한다. 또한, 전체적으로 짜임새 있는 구성을 갖추어야 한다. 짜임새 있는 구성으로 이루어진 글은 주장과 내용을 논리적 흐름에 따라 조직해야 한다. 특히, 독자를 설득하려는 목적을 가진 글에서는 효과적인 구성이 수긍할 만한 주장을 더욱 설득력 있게 제시하는 데 큰 몫을 담당한다.

글쓰기를 어려워하는 사람들은 이런 말을 한다.

– 써야 한다는 스트레스에 시달리다가 웹 서핑이나 게임에 몰두한다.
– 첫 문장을 쓰는 데 지나치게 많은 시간을 보낸다.
– 글의 내용과 관련해 아는 게 너무 없다.
– 생각은 있는데 글로 표현하려니 잘 안 된다.
– 한글맞춤법과 띄어쓰기가 서툴러 자꾸 헷갈린다.
– 적당한 단어가 떠오르지 않는다.
– 겨우 몇 줄을 쓰고 나면 더 쓸 말이 없다.

- 문장이 자꾸 길어지고, 문장을 짧게 쓰면 전체 분량이 줄어들까 봐 걱정이다.

- 분량을 늘리려고 다른 내용들을 자꾸 끌어들인다.

- 주제에 대한 배경 지식의 부족을 절실히 느낀다.

글쓰기 어려운 이유

쓰기 전에	쓰면서	쓰고 나서
– 스트레스 – 앱/서핑이나 게임 – 제출일이 다 되어서야 컴퓨터 앞 – 도대체 무엇을 어떻게 해야 하나	– 생각과 표현 – 맞춤법과 띄어쓰기 – 적절한 단어 – 적당한 문장의 길이 – 단락 구분 – 논리적 전개 – 주제와 배경지식	– 쓰고 보니 분량이… – 탈자와 행간의 유의 – 의도에 맞지 않는 글

제2장

글쓰기의 절차

1
주제의
설정

1) 주제의 개념

글을 쓰고자 하는 사람은 우선 '무엇에 대해 쓸 것인가'를 고민하는데 그 '무엇'이 바로 주제이다. 주제란 글의 중심사상으로서, 글로써 전달하고자 하는 필자의 최종 의도이다. 예를 들면 경남과학기술대학교의 발전 방안에 대해 글을 썼다면 '경남과학기술대학교의 발전 방안'이 주제가 되는 셈이다. 그렇게 보면 주제는 다른 말로 하면 '쓰고자 하는 글의 범위'를 이야기한다고 할 수도 있다. 필자는 전달하고자 하는 내용을 어느 범위로 한정하여 독자에게 제시할 것이다. 만약 그 범위를 넘어선다면 우리는 이를 '주제에서 벗어났다'라고 말할 것이다.

2) 주제의 한정

주제를 정할 때 우선 고려해야 할 것은 그 범위를 한정하는 일이다. 주제의 범위가 너무 넓거나 막연하면 필자의 의도가 분명히 드러나지 않는다. 이렇게 해서는 좋은 글이 될 수 없다. 따라서 필자의 의도를 가장 잘 드러낼 수 있는 범위까지 주제를 좁힐 필요가 있다.

　필자가 글을 쓰고자 할 때, 그 내용을 우선 광범위하고 막연하게 정한 것을 가주제라고 한다. 예를 들면 '환경 오염'이나 '현대 정치'와 같은 것이다. 그러나 이는 매우 다양하고 복잡한 내용을 두루 포함하고 있다. 이를 주제로 한다면 필자 개인의 생각보다는 일반적이고 보편적인 수준의 의견을 내세울 수밖에 없을 것이다. 필자의 개성이 드러나지 않는다면 좋은 글이라 할 수 없다. 이를 다시 구체적인 내용으로 주제를 정한 것을 참주제라고 한다. '환경 오염'이라는 막연한 주제를 '자동차 배기가스가 대기 오염에 미치는 영향'이라든지, '친환경 세제를 이용한 수질 오염의 개선'과 같은 내용으로 한정시킨다면 이것이 참주제가 된다. '현대 정치'도 '여성의 정치 참여의 의미'나, '전자 투표 방식과 주민 참여'와 같이 주제를 좁힐 수 있을 것이다.

가주제	참주제
환경오염	자동차 배기가스가 대기 오염에 미치는 영향 친환경 세제의 이용과 수질 개선
현대정치	여성의 정치 참여 전자투표 방식과 주민 참여

3) 주제문 작성

　참주제가 정해지면 거기에 맞는 주제문을 작성해야 한다. 주제문은 주제를 완전한 하나의 문장으로 완성한 것이다. 여기에는 필자가 드러내고자 하는 의견이나 주장, 의도가 명확하게 나타나야 한다. 가령 '진주 지역 축제의 의의'라는 참주제가 있다면 '진주의 축제는 전통문화를 계승하고 지역민을 단합시키며, 경제적인 효과가 크다.'라는 주제문을 작성할 수 있을 것이다. 주제문의 작성은 필자에게 주제를 명확히 인식하게 하여 일관된 글을 쓸 수 있게 한다.

1. 다음 가주제에 대하여 참주제와 주제문을 만들어 보세요.

가주제	참주제	주제문
대학 문화	1) 알코올 클린 캠퍼스 운동의 의미 2) 3)	1) 2) 3)
국제 관계	1) 과거청산과 한일협력 2) 3)	1) 2) 3)

2. 다음 글을 읽고 가주제, 참주제, 주제문으로 정리하여 보세요.

'오티'와 전사의 후예

해마다 3월이 되면 대학가는 '입사식'행사로 떠들썩해진다. '오티'로 불리고 있는 신입생 오리엔테이션을 시작으로, 학과 선배들의 환영식, 동아리 회원들의 환영식, 고등학교 선배들의 환영식 등이 3월 한 달을 가득 채운다. 해가 지고 나면, 교정 안은 물론이고 학교 앞 골목마다 술에 취해 비틀거리는 학생들의 행렬로 거대한 카니발이 시작된다.

오랜 고통과 방황 끝에 겨우 대학에 직장을 얻은 나로서는, 대학가를 뜨겁게 달구고 있는 젊은이들의 축제가 남다르게 다가올 수밖에 없다. 나 역시 그들처럼 새로운 환경에 첫발을 내딛는 기대감과 두려움으로 각종 행사에 참여하면서 정신없이 지냈다. 신입생 '오티'에 쫓아가 새로 입학한 학생들을 만나고, 학과 선배 교수들과의 회식에 참석하고, 각종 학교 행사에 불려나가다 보면 하루가 어떻게 흘러갔는지 모를 지경이다.

고등학생 딱지를 떼고 실질적으로 성인 대접을 받게 되는 새내기들이나, 오랜 시간 강사 생활을 하다 대학에 적을 두게 된 나는, 어떤 식으로든 확실하게 '입사'행사를 치루고 있는 것만은 사실이다. 따지고 보면 특정 대학 사회에 일원으로 받아들여지는 의식을 치르고 있다는 점에서 신입생이나 신임교수나 그리 큰 차이는 없을 듯싶다. 이는 직장에 취업해 사회인이 된 대학 졸업생도 같은 처지일 것이다.

'입사식'에 참가하는 당사자들은 기존 공동체의 성원이 되기 위해 특정한 수련과 자격 시험을 치르고, 기존 공동체의 빈 곳을 채워주는 '젊은 피'가 된다. 원시 부족 사회에서 능력을 검증받은 젊은이는 그 공동체의 새로운 戰士로 활약하게 된다. 호주 수렵민의 경우, 젊은 남자는 성대한 입사식을 거치게 되는데, 공동생활을 해야 하는 캠프에 들어가 각종의 환영의식과 전투의식을 거쳐야만 한다.

동시에 이 기간 동안 젊은이들은 부족의 관습, 신화, 전통을 내면화시켜야 한다. 말하자면 '입사식'을 통해 젊은이들은 부족의 성원으로 다시 태어난다. 나 같은 경우야 대학 행정 업무에 관련된 교육을 받거나, 기존 교수들과 회식을 하는 정도에서 끝났지만, 대학교 새내기들의 경우는 나와 사뭇 다른 통과의례를 보여줬다. 이번에 쫓아갔던 새내기 '오티'의 체험은 두 가지 다른 차원에서 나에게 충격을 줬다.

신입생들을 모아놓고 선배들이 주도하는 '오티'는, 학과 소개, 선배 소개, 신입생 소개, 교수 소개와 같은 공식 행사를 끝낸 후, 선배들이 후배들에게 소주를 따라주는 것으로 이어진다. 그리고 돌아가며 노래시키기, 게임 하다 걸린 사람 소주 먹이기, 얼큰하게 취한 뒤 어깨동무하고 함께 춤추기. 그 다음은 건물 밖으로 나가 눈싸움을 하거나 기마전을 하거나 집단 군무를 벌인다. 내가 새삼스럽게 놀란 이유는 이들 새내기들의 '입사식' 풍경이 원시 부족의 '성인식' 풍경과 너무나 닮아 있다는 것 때문이었다. 이들은 '젊은 피'를 기존 공동체의 戰士로 만들기 위해, 알코올이라는 약물을 투여하여 假死 상태까지 몰아가고, 다양한 신체 훈련을 통해 육체 강화 프로그램을 수행하고, 대학이나 학과의 신화와 전통과 관습을 전수하고, 몸을 서로 부대끼고 토하는 이의 등을 두들기고, 정신 잃은 후배들을 들쳐 업고 이리저리 뛰어다닌다.

그러나 나를 더 놀라게 했던 사실은, 이번 '오티'에서 목격한 '입사식'이 20여 년 전 내가 경험했던 신입생 환영회와 달라진 게 너무도 없다는 것이다. 그 당시, 머리가 채 자라지도 않은 더벅머리 신입생은, 어느 날 느닷없이 선배들 앞으로 불려 나갔고, 내 신상명세서를 읊조린 뒤 되지도 않는 노래나 춤으로 그들을 즐겁게 해줘야 했으며, 나를 변호할 기회도 갖지 못한 채 수십 잔의 소주를 몸속에 처박아야 했다. 나는 심하게 토했고, 비틀거렸고, 낙담했고, 결국에는 정신을 잃었다. 그러나 나는 끝내, 내가 왜 이 대학 이 학과를 지원했는지, 대학 생활에서 어떤 꿈을 이루기 위해 노력할 것인지, 그리고 이 사회를 위해 어떤 지식인으로 성장하고 싶은지에 대에 대해 질문 받지 못했다. 다음날 망가진 몸과 엉망이 된 정신으로 나는 당당하게 한 부족의 戰士로 태어났다.

부족을 지키기 위해 기존 계층은 '젊은 피'를 수혈 받아야 하고, 입사식에 참가하는 이들은 선배들의 관습과 전통과 전투 기술을 전수 받아야 한다. 그러나 지금은 피를 나눠 마시는 원시 부족의 단일성으로 봉합될 수 있던 시대가 아니다. 오히려 너무나 다양한 이질성, 외면돼서는 안 되는 차이들, 어떤 세력에 완전히 환원될 수 없는 욕망들로 꿈틀거리는 시대가 아닐까. 또는 그러한 시대가 돼야 하지 않을까. 내년 '오티' 때에는 20여 년 전 내가 결국 받지 못했던 질문들을 새내기들에게 던져 주고 싶다.

– 박명진(중앙대학교 교수), 「교수신문」, 2003. 3. 24.

자료의 수집과 정리

1) 제재 수집 시 고려 사항

참주제가 정해지면 그 주제를 효과적으로 드러내기 위하여 제재를 수집하여야 한다. 제재는 말하자면 '글감' 또는 '글의 재료'라고 할 수 있다. 제재를 모을 때는 다음을 고려하여야 한다.

(1) 풍부하고 다양하여야 한다.
(2) 객관적으로 신뢰할 수 있는 자료여야 한다.
(3) 독자의 흥미를 끌 만한 참신한 것이어야 한다.
(4) 주제의 범위를 넘어서지 않는 것이어야 한다.

버터와 종교개혁

　종교개혁은 교회의 부패에 반발해 쇄신을 요구하며 일어났던 운동이다. 성직매매나 면벌부 판매와 같은 교회의 행위가 큰 반발을 샀는데, 당시 사람들의 분노를 부추겼던 또 다른 요인이 있다. 바로 '버터'다.

　15~16세기 유럽인들 사이에 버터는 큰 인기를 끌었다. 부드럽고 풍성한 버터 맛에 사로잡힌 사람들이 많았는데 로마 가톨릭은 버터를 먹는 것을 제한했다. 음식사가인 엘레인 코스로바가 쓴 〈버터〉를 보면 가톨릭교회는 사순절이나 금식일에 동물성 지방 섭취를 금지했다. 고기도 유제품도 달걀도 먹을 수 없었다. 고기와 유제품이 성욕을 부추긴다고 믿었기 때문이다. 짧은 기간 동안 특정 음식을 먹지 않는 것이야 상관없겠지만 그 기간이 너무 길었다. 사순절을 비롯해 금육일인 매주 금요일, 각종 성인축일 등을 포함해 따지고 보면 당시 그리스도교인이 동물성 지방을 섭취할 수 없는 날은 일 년의 절반 가까이나 됐다.

　그래도 평소 버터 대신 올리브오일, 생선을 주로 섭취하던 남부유럽은 이 같은 교회의 식습관 제재에 큰 영향을 받지 않았다. 게다가 남유럽 사람들은 버터가 나병을 발병시킨다고 믿기도 했다. 문제는 프랑스나 루터가 살던 독일 등 버터를 많이 먹던 지역이었다. 금식 기간에 먹을 수 있는 음식이 거의 없었다. 하지만 버터에 길들여져 있던 부자들이나 귀족들은 특혜를 누렸다. 바로 돈을 주고 버터를 먹을 수 있는 권리를 산 것이다. 유력자들은 성전 건축이나 십자군전쟁에 드는 거금을 교회에 기부하고 대신 '버터섭취권'을 얻었다. 교회 앞에는 소위 '버터머니'를 걷는 함도 마련되어 있었다. 프랑스 루앙에 있는 화려한 대성당의 별명이 '버터타워'라고 불리는 것은 이 때문이다.

　부자들이야 버터를 먹을 권리를 살 수 있었지만 가난한 사람들은 속수무책이었다. 게다가 남유럽에서 저질 식물성 오일을 수입해 가난한 이들에게 비싸게 파는 악덕상인들도 많았다. 지식사이트 하우스터프웍스닷컴(www.howstuffworks.com)을 보면 16세기 초 루터가 독일 지역의 그리스도교도인 귀족들에게 쓴 공개 서한에서 "로마 가톨릭은 엉터리 금식을 하면서 우리들에게는 슬리퍼에도 바르지 않을 싸구려 기름을 먹이고 있다"고 비판했다. 이어 루터는 "그들은 신성모독이나 거짓말, 불순한 것에 탐닉하는 것보다 버터를 먹는 것이 더 큰 죄라고 주장했다"면서 "가장 악질적인 것은 성직자들이 버터를 먹는 행위에 대한 면죄부를 판매했다는 것"이라고 지적했다.

〈버터〉의 저자 코스로바는 "우연찮게도 16세기에 버터를 주로 생산하고 많이 먹던 국가들 대부분이 로마 가톨릭 교회 신앙에서 이탈해 나왔다"고 흥미로운 분석을 했다.

결과론적이긴 하나 실제로 지금도 올리브유를 많이 먹는 이탈리아나 스페인, 포르투갈 등 남부유럽은 가톨릭 교세가 강하고 독일, 네덜란드, 스위스 등 버터를 많이 먹는 지역은 개신교세가 강하다.

– 박경은 기자, 「경향신문」, 2016. 10. 26.

(1) 풍부하고 다양하여야 한다.

주제를 뒷받침하는 재료를 가능한 한, 많이 수집하면 글이 다채로워진다. 또 글감이 다양하면 주제에 대한 객관성을 확보할 수 있다. 위의 글 「버터와 종교개혁」에서는 버터와 종교의 상관관계에 관한 자료를 풍부히 모으고 있다. 이 글은 버터와 중세 유럽 종교 간의 관련성을 흥미롭게 서술하고 있다. 그리고 이러한 주제를 드러내기 위해 당시 유행한 '버터섭취권', '버터머니', '버터타워'와 같은 관련 예를 폭넓게 수집하였다.

(2) 객관적으로 신뢰할 수 있는 것이어야 한다.

수집된 자료의 근거가 불확실하거나, 그 진실성이 의심되는 경우에는 글의 주제도 신뢰성을 잃게 된다. 예를 들면 위의 글에서는 15~16세기 유럽의 귀족들이 교회에 거금을 기부하고 특별히 '버터섭취권'을 얻었다는 사실을 이야기하고 있다. 그러나 위의 글에서 제시한 '버터섭취권'이 당시 유럽사회에서 없었다면 글은 그 논리적 정당성을 상실하고 만다. 따라서 필자는 일차적으로, 제재로 활용하고자 하는 자료의 신뢰성을 따져 보아야 한다. 통계자료 등을 인용할 경우라면 그 자료의 출처가 신뢰할 만한지 살펴보아야 할 것이다.

(3) 독자의 흥미를 끌 만한 참신한 것이어야 한다.

글의 주제가 아무리 중요하다 해도 제재가 진부하다든가 딱딱하기만 하면 독자의 흥미를 끌 수 없을 것이다. 따라서 새로운 지적 호기심을 유발시키거나 자연스런 웃음을 자아내게 하는 참신한 내용의 제재면 좋을 것이다. 위의 글은 종교개혁이라는 무거운 역사적인 사실과 우리가 일상에서 자주 접하는 버터를 연관시켜 설명하고 있기 때문에 누구에게나 관심을 불러일으킬 수 있다. 버터와 종교의 관계를 설명하기 위해서 '버터타워'라 불리는 프랑스 루앙의 노트르담 대성당의 역사를 동원한 점도 매우 참신하다고 할 수 있다.

(4) 주제의 범위를 넘어서지 않는 것이어야 한다.

제재는 주제를 뒷받침하기 위한 것이기 때문에 주제가 한정하는 범위를 넘어서지 않도록 유의해야 한다. 흔히 특정 제재에 몰입하다가 그 제재와 관련이 있기는 하지만 주제와는 관련이 없는 다른 제재를 동원하는 경우가 있다. 그렇게 되면 제재는 다소 더 풍부해질 수 있겠지만 정작 주장하고자 하는 논점은 흐려지게 될 것이다. 위의 글은 버터를 통해 종교개혁 당시 귀족과 서민에게 달리 적용되는 기준의 불평등에 관해 이야기하고자 하였다. 만약 위의 글이 단지 버터라는 음식에만 초점을 맞추어 설명하거나 종교개혁 당시 교회가 얼마나 부패하였는지에만 초점을 두었다면 주제를 제대로 드러내지 못한 글이 되었을 것이다.

2) 제재 수집과 정리 방법

최근 들어 제재를 수집하기가 매우 용이해졌다. 인터넷 덕분이다. '정보의 바다'라고 하는 인터넷에는 웬만한 정보는 다 실려 있다 해도 과언이 아니다. 따라서 인터넷을 이용하여 자료를 검색하는 방법을 습득하는 것도 제재 수집을 위해서는 꼭 필요하다고 할 수 있다. 그러나 인터넷을 통한 자료 수집은 그 편리성과는 별개로 여러 가지 문제가 있다. 우선 검색한 자료의 진위 여부가 불분명한 경우가 많다는 점이다. 인터넷의 속성상 잘못된 정보가 확대 재생산되어 사실처럼 떠도는 경우가 많기 때문이다. 자료의 초기 출처를 확인하기 어려운 점도 문제점에 든다. 자료가 익명으로 옮겨지는 경우 자료의 원생산자가 누구인지 불분명해지는 경우가 흔하다. 따라서 가능하면 공신력 있는 사이트에서 자료를 수집하고, 불확실한 내용은 도서관 등에서 직접 자료를 찾아 비교해 보는 노력을 아끼지 말아야 한다.

글을 쓰기 위해 자료를 찾고 이를 제재로 활용하기까지 과정을 요약하면 다음과 같다.

① 인터넷을 검색하거나 도서관 등에서 관련 서적이나 논문, 신문자료 등을 찾아 주제와 관련된 자료를 광범위하게 수집한다.

② 수집한 자료의 기본 사항을 명확하게 표시해 둔다. 즉 자료의 출처와 생산자의 성명, 생산 날짜 등을 가능하면 정확하게 확인하여 기록해 둔다.

③ 수집된 자료 중에서 글의 주제에 맞는 것을 일차적으로 검증하여 가려내고, 가려낸 것은 간단한 소제목을 붙여 내용별로 분류한다.

④ 분류된 자료 중에서 실제로 글의 제재로 활용 가능한 부분을 붉은색 펜 등으로 밑줄을 그어 두거나 종이 표식을 붙여 눈에 잘 띄게 한다.

1. 다음 글을 읽고 이 글의 제재를 찾아보세요.

"나는 가난한 탁발승(托鉢僧)이오. 내가 가진 거라고는 물레와, 교도소에서 쓰던 밥그릇과, 염소젖 한 깡통, 허름한 요포(腰布) 여섯 장, 수건, 그리고 대단치도 않은 평판, 이것뿐이오."

마하트마 간디가 1931년 9월 런던에서 열린 제2차 원탁회의에 참석하기 위해 가던 도중 마르세이유 세관원에게 소지품을 펼쳐 보이면서 한 말이다. K. 크리팔라니가 엮은 '어록(語錄)'을 읽다가 이 구절을 보고 나는 몹시 부끄러웠다. 내가 가진 것이 너무 많다고 생각되었기 때문이다. 적어도 지금의 내 분수로는.

사실, 이 세상에 처음 태어날 때, 나는 아무 것도 가져오지 않았었다. 살 만큼 살다가 이 지상의 적(籍)에서 사라져 갈 때에도 빈손으로 갈 것이다. 그런데 살다 보니 이것 저것 내 몫이 생기게 된 것이다. 물론 일상에 소용되는 물건이라고 할 수도 있다. 그러나 없어서는 안 될 정도로 꼭 요긴한 것들 만일까? 살펴볼수록 없어도 좋을 만한 것들이 적지 않다.

우리들은 필요에 의해서 물건을 갖게 되지만, 때로는 그 물건 때문에 적잖이 마음이 쓰이게 된다. 그러니까 무엇인가를 갖는다는 것은 다른 한편 무엇인가에 얽매인다는 것이다. 필요에 따라 가졌던 것이 도리어 우리를 부자유하게 얽어맨다고 할 때, 주객이 전도되어, 우리는 가짐을 당하게 된다는 말이다. 그러므로 많이 갖고 있다는 것은 흔히 자랑거리로 되어 있지만, 그만큼 많이 얽매여 있다는 측면도 동시에 지니고 있는 것이다.

나는 지난해 여름까지 이름 있는 난초 두 분을 정성스레 정말 정성을 다해 길렀었다. 3년 전 거처를 지금의 다래헌(茶來軒)으로 옮겨 왔을 때 어떤 스님이 우리 방으로 보내준 것이다. 혼자 사는 거처라 살아 있는 생물이라고는 나하고 그 애들뿐이었다. 그 애들을 위해 관계 서적을 구해다 읽었고, 그 아이들의 건강을 위해 하이포넥슨가 하는 비료를 바다 건너가는 친지들에게 부탁하여 구해 오기도 했었다. 여름철이면 서늘한 그늘을 찾아 자리를 옮겨 주어야 했고, 겨울에는 필요 이상으로 실내 온도를 높이곤 했었다.

이런 정성을 일찍이 부모에게 바쳤더라면 아마 효자 소리를 듣고도 남았을 것이다. 이렇듯 애지중지 가꾼 보람으로 이른 봄이면 은은한 향기와 함께 연둣빛 꽃을 피워 나를 설레게 했고, 잎은 초승달처럼 항시 청청했었다. 우리 다래헌을 찾아온 사람마다 싱싱한 난을 보고 한결같이 좋아라 했다.

지난해 여름 장마가 갠 어느 날 봉선사(奉先寺) 운허(耘虛) 노사(老師)를 뵈러 간 일이 있었다. 한낮이 되자 장마에 갇혔던 햇볕이 눈부시게 쏟아져 내리고 앞개울 물소리에 어울려 숲 속에서는 매미들이 있는 대로 목청을 돋구었다.

아차! 이때에야 문득 생각이 난 것이다. 난초를 뜰에 내놓은 채 온 것이다. 모처럼 보인 찬란한 햇볕이 돌연 원망스러워졌다. 뜨거운 햇볕에 늘어져 있을 난초 잎이 눈에 아른거려 더 지체할 수가 없었다. 허둥지둥 그 길로 돌아왔다. 아니나 다를까, 잎은 축 늘어져 있었다. 안타까워 안타까워하며 샘물을 길어다 축여 주고 했더니, 겨우 고개를 들었다. 하지만 어딘가 생생한 기운이 빠져버린 것 같았다.

나는 이때 온몸으로, 그리고 마음속으로 절절히 느끼게 되었다. 집착(執着)이 괴로움인 것을. 그렇다, 나는 난초에 너무 집념해 버린 것이다. 이 집착에서 벗어나야겠다고 결심했다. 난을 가꾸면서는 산철에도 나그네 길을 떠나지 못한 채 꼼짝 못하고 말았다. 밖에 볼 일이 있어 잠시 비울 때면 환기가 되도록 들창문을 조금 열어 놓아야 했고, 분을 내놓은 채 나가다가 뒤미처 생각하고는 되돌아와 들여놓고 나간 적도 한두 번이 아니었다. 그것은 정말 지독한 집착이었다.

며칠 후, 난초처럼 말이 없는 친구가 놀러 왔기에 선뜻 그의 품에 분을 안겨 주었다. 비로소 나는 얽매임에서 벗어난 것이다. 날 듯 홀가분한 해방감! 3년 가까이 함께 지낸 '유정(有情)'을 떠나보냈는데도 서운하고 허전함보다 홀가분한 마음이 앞섰다. 이때부터 나는 하루 한 가지씩 버려야겠다고 스스로 다짐을 했다. 난을 통해 무소유(無所有)의 의미 같은 걸 터득했다고나 할까.

인간의 역사는 어떻게 보면 소유사(所有史)처럼 느껴진다. 보다 많은 자기네 몫을 위해 끊임없이 싸우고 있는 것 같다. 소유욕에는 한정도 없고 휴일도 없다. 그저 하나라도 더 많이 갖고자 하는 일념으로 출렁거리고 있는 것이다. 물건만으로는 성에 차질 않아 사람까지 소유하려 든다. 그 사람이 제 뜻대로 되지 않을 경우는 끔찍한 비극도 불사(不辭)하면서. 제 정신도 갖지 못한 처지에 남을 가지려 하는 것이다.

소유욕은 이해(利害)와 정비례한다. 그것은 개인뿐 아니라 국가 간의 관계도 마찬가지. 어제의 맹방(盟邦)들이 오늘에는 맞서게 되는가 하면, 서로 으르렁대던 나라끼리 친선 사절을 교환하는 사례를 우리는 얼마든지 보고 있다. 그것은 오로지 소유에 바탕을 둔 이해관계 때문인 것이다. 만약 인간의 역사가 소유사에서 무소유사로 그 방향을 바꾼다면 어떻게 될까. 아마 싸우는 일은 거의 없을 것이다. 주지 못해 싸운다는 말은 듣지 못했다.

간디는 또 이런 말도 하고 있었다. "내게는 소유가 범죄처럼 생각된다……." 그가 무엇을 갖는다면 같은 물건을 갖고자 하는 사람들이 똑같이 가질 수 있을 때 한한다는 것. 그러나 그것은 거의 불가능한 일이므로 자기 소유에 대해서 범죄처럼 자책하지 않을 수 없다는 것이다. 우리들의 소유 관념이 때로는 우리들의 눈을 멀게 한다. 그래서 자기의 분수까지도 돌볼 새 없이 들뜨게 되는 것이다. 그러나 우리는 언젠가 한번은 빈손으로 돌아갈 것이다. 이 내 육신마저 버리고 훌훌히 떠나갈 것이다. 하고많은 물량일지라도 우리를 어떻게 하지 못할 것이다.

크게 버리는 사람만이 크게 얻을 수 있다는 말이 있다. 물건으로 인해 마음을 상하고 있는 사람에게는 한번쯤 생각해 볼 말씀이다. 아무 것도 갖지 않을 때 비로소 온 세상을 갖게 된다는 것은 무소유의 역리니까.

– 법정, 『무소유(無所有)』

3
구상과
개요 작성

1) 구상의 방법

구상이란 실제 글을 쓰기 전에 글의 주제가 가장 돋보일 수 있게 글 전체의 짜임새를 생각해 보는 것이다. 다양한 방법으로 글의 짜임을 설계해 보고, 그것을 수정하고 보완하여 글의 주제가 가장 잘 드러나는 짜임새를 결정해야 한다.

(1) 시간적 순서에 따른 구상

시간적 순서에 따른 구상은 시간의 흐름에 따라 사건이나 상황을 배열하는 방법이다. 인간의 출생에서 죽음까지 과정, 사건의 발생에서 해결까지 과정, 실험 과정이나 일의 진행 순서 등이 이에 해당한다.

옛날에 한 그루의 사과나무가 있었습니다. 그리고 그 나무에게는 사랑하는 소년이 하나 있었습니다. 소년은 나무를 무척 사랑했고…… 나무는 행복했습니다. 하지만 시간은 흘러갔습니다. 그러던 어느 날 소년이 나무를 찾아갔을 때 나무가 말했습니다.

"얘야, 내 줄기를 타고 올라와서 가지에 매달려 그네도 뛰고 사과도 따먹고 그늘에서 놀면서 즐겁게 지내자."

"난 이제 나무에 올라가 놀기에는 다 커 버렸는걸. 난 물건을 사고 싶어" 하고 소년이 대꾸했습니다.

"내겐 나뭇잎과 사과밖에 없어. 얘아, 내 사과를 따다가 도회지에서 팔려무나……"

그리하여 소년은 나무 위로 올라가서 사과를 따서는 가지고 가 버렸습니다.

그러던 어느 날 소년이 돌아왔습니다. 나무는 기쁨에 넘쳐 몸을 흔들며 말했습니다.

"얘야, 내 줄기를 타고 올라와서 가지에 매달려 그네도 뛰고 즐겁게 지내자."

"난 나무에 올라갈 만큼 한가롭지 않단 말야. 내겐 집이 필요해."

"내 가지들을 베어다가 집을 지으렴." 그리하여 소년은 나무의 가지들을 베어서는 자기의 집을 지으러 가지고 갔습니다.

(…중략…)

오랜 세월이 지난 뒤에 소년이 다시 돌아왔습니다.

"얘야, 미안하다, 이제는 너에게 줄 것이 아무 것도 없구나…… 미안해."

"이제 내게 필요한 건 별로 없어. 앉아서 쉴 조용한 곳이나 있었으면 좋겠어. 난 몹시 피곤해." 소년이 말했습니다.

"아, 그래." 나무는 안간힘을 다해 굽은 몸뚱이를 펴면서 말했습니다.

"자, 앉아서 쉬기에는 늙은 나무 밑둥이 그만이야. 얘야, 이리로 와서 앉으렴. 앉아서 쉬도록 해." 소년은 나무의 말대로 나무 밑둥에 앉아 몸을 쉬었습니다. 그래서 나무는 행복했습니다.

- 쉘 실버스타인, 『아낌없이 주는 나무』

위의 글은 쉘 실버스타인의 『아낌없이 주는 나무』이다. 이 글은 나무와 소년 사이에서 일어나는 사건을 시간의 흐름에 따라 구상하여 쓴 것이다.

(2) 공간의 배열에 따른 구상

공간의 배열에 따른 구상은 공간을 중심으로 글을 구성한 짜임새가 엿보이는 방법이다. 예를 들어 '이순신 장군의 승전 전투지'라는 주제를 중심으로 글을 쓴다면 '옥포, 직진포, 사천, 당포, 당항포, 한산도, 안골포, 부산, 명량, 노량'과 같은 특정 지역이나 도시를 중심으로 글을 구상할 수 있다. 그리고 진주성 같은 하나의 공간을 주제로 한 글에서는 진주성의 내부 모습을 중심으로 기술할 수도 있다.

진주를 방문한 사람이면 으레 가장 먼저 찾는 명소인 진주성은 임진왜란 전적지이며, 주말은 물론 평일에도 적잖은 사람이 찾아드는 공원화된 옛 성이다.

남강 가 벼랑 위에 장엄하게 높이 솟아 있는 촉석루는 고려 공민왕 14년(1365)에 세워져 일곱 번의 중수를 거쳤으며, 진주성의 남장대(南將臺), 장원루(壯元樓)라고도 하였다. 전쟁 때에는 지휘본부로, 평화로울 때에는 과거를 치르는 시험장으로 쓰였는데, 후자를 장원루라 하는 별칭에서도 그 쓰임새를 짐작할 수 있다.

촉석루 바로 앞 절벽 아래에 작은 섬처럼 떠 있는 바위가, 논개가 왜장을 껴안고 뛰어들었던 의암(義岩)이다.

촉석루 바로 옆에 있는 의기사는 논개의 사당으로 영조 16년(1739)에 처음 세워졌으며 이후 여러 차례 중수되어 오늘에 이르고 있다. 안에는 이목구비가 뚜렷하고 용모가 훤칠한 논개의 초상화 한 점이 모셔져 있다.

의기사 옆에 있는 쌍충사적비는 임진왜란 때 의병을 일으켜 싸우다가 순국한 제말(諸沫) 장군과 그의 조카 제홍록(諸弘祿)을 기린 비이다. 제말 장군은 곽재우와, 제홍록은 이순신과 함께 왜적을 맞아 싸우다가 전사하였다. 일제에 의해 비각이 헐리고 방치되었던 것을 1961년 현재 자리로 옮겨 세웠다.

정충단은 숙종 12년(1686)에 제2차 진주성싸움에서 충절을 다한 이들을 위해 촉석루 동쪽에 마련한 제단이다. 최근에 만들어 놓은 진주성 이진대첩 계사순의단(癸巳殉義壇) 앞쪽 마당에 두 개의 위령비가 나란히 서 있다.

진주성내 중심부 언덕에 솟아 있는 문루는 진주성의 동문으로, 고종 32년(1895) 경상도가 남북으로 분리될 때 관찰사 청사(廳舍)의 관문이었으며, 영남포정사라 하였다.

대변루(待變樓), 망미루(望美樓)라고도 불렸다.

    진주성 북쪽 제일 끝 높은 곳에 있어 성벽 바로 밑은 물론 성 안팎을 두루 살피며 지휘할 수 있는 요지에 세워진 북장대는 군사건물의 모범이라 할 만큼 잘 건축된 망루이다. 임진왜란 때 망가진 것을 광해군 10년(1618) 남이흥(南以興)이 중건한 이래 여러 차례 중수를 거쳐 오늘날에 이른다. 진남루(鎭南樓), 공북루(拱北樓)라는 별칭도 있다.

- 한국문화유산답사회, 「진주성」 재구성

(3) 시간과 공간의 혼합적 구상

    시간을 축으로 하는 시간적 구상과 공간을 축으로 하는 공간적 구상이 혼합되어 시간의 흐름에 따라 공간의 이동이 함께 어우러지는 구상 방법이다. 기행문이나 자원봉사 참가, 캠프 참가 후기 등이 대표적이다.

(4) 논리적 구상

    논리적 구상은 사건이나 사물을 논리적인 흐름에 따라 배열하는 방식이다. 주장을 내세우고 그 주장을 뒷받침할 근거를 제시하거나 가설을 설정하고 실험을 통해 증명하는 과정 등이 이에 속한다. 논리적 구상에는 '도입-전개-정리'나 '서론-본론-결론'의 3단 구성, '기-승-전-결'과 같은 4단 구성이 있다.

용서의 계절

    공자께서 제자들과 함께 있는 중에 증자에게 한마디 불쑥 던지셨다. "내 도는 하나로 꿸 수 있다." 앞 뒤 설명도 없는 이 말에 증자는 망설임 없이 대답하였다. "예. 그렇습니다." 선문답 같은 대화에 어리둥절한 다른 제자들은 공자가 나가신 후 증자에게 물었다. "도대체 무슨 이야기를 하신 거요" 증자가 대답하였다. "공자의 도는 '충서(忠恕)'일 뿐이라는 이야기입니다."

용서(容恕)가 공자 사상의 핵심임을 일깨운 이야기이다. 공자의 사상을 그냥 '인(仁)'이라고 하면 다소 관념적인 느낌을 지울 수 없다. 용서라고 할 때 비로소 그것은 실천적이고 현실적인 느낌으로 다가온다. 그래서 공자는 사람이 일생동안 지켜 행할 만한 덕목을 한마디로 말해달라는 증자의 요구에도 "그것은 바로 용서이다(其恕乎)"라고 단언하신 것이다.

용서가 인간이 지닌 덕목 중 가장 가치 있는 것임을 지적한 사람은 공자만은 아니다. 용서의 철학이 가장 정밀한 종교는 기독교인 것 같다. 예수는 십자가에 매달렸을 때 그에게 침 뱉고 욕하는 사람들을 향해 "아버지여, 저들을 용서하여 주옵소서. 자기들이 하는 짓을 저들은 알지 못합니다"라고 하여 하나님께 용서를 구하였다. 그는 또 사람의 잘못을 몇 번이나 용서해야 하느냐고 묻는 베드로에게 일곱 번의 일흔 번이라도 용서하라고 하셨다. 불교에서는 지장보살의 본원력을 빌어 중생에 대한 비심(悲心)으로 증오의 감옥에서 해탈하여 성불(成佛)할 수 있는 길을 열어두고 있다. 부처님을 일생동안 쫓아다니면서 곤경에 빠트렸던 제다밧타가 성불한 사실로 법화경에 수기(授記)된 사실이 이를 잘 말해준다.

용서는 그것을 베푸는 사람에게는 정서적 자유와 평화를 주고, 받는 사람에게는 인간성에 대한 깊은 신뢰를 경험하게 하며, 이를 전해듣는 모든 인류를 아름다운 감동 속에 떨게 하는 것이다. 레미제라블의 용서는 따뜻한 인간애의 절정으로 오래 기억되고, 아파르트헤이트의 망령을 용서와 화해로 감싸안은 남아공 만델라 전대통령의 용서는 그 자체로 인류평화를 위한 힘있는 메시지에 다름 아니다.

그러나 용서는 매우 힘드는 것이고, 경우에 따라서는 엄청난 고통이 다를 수도 있다. 사람이란 늘 남의 잘못에는 준열하고 자기 잘못에는 관대하기 때문이다. 그래서 북송의 범충선공은 다음과 같이 말한다. "남을 꾸짖는 마음으로써 자기를 꾸짖고, 자기를 용서하는 마음으로써 남을 용서하라."

12월은 용서의 계절이다. 지난 한 해 동안 치열한 삶의 현장에서 맺어서 풀지 못한 원망을 녹여내야 하는 때이다. 더구나 이번 대선은 유례 없는 접전 중에 있다고 한다. 쌓인 미움도 많겠지만 각 정파가 그 결과에 승복하고, 또 상호간 용서하고 화해함으로써 민족적 결속력을 높이는 계기가 되었으면 한다.

2) 개요 작성

글의 적절한 구상 방식이 결정되면 구상을 구체화하여 글의 설계도를 작성해야 한다. 이러한 글의 설계도가 개요이다. 개요는 글의 전체 내용을 체계화하여 전체 구조를 한눈에 볼 수 있게 조직하는 것으로, 글의 균형을 유지하고 내용의 전개 순서를 결정하며 글의 분량을 조절하는 것이다.

글의 개요는 구체적이고 자세하게 짜는 것이 좋다. 개요가 구체적일수록 실제 글쓰기가 쉬워지며 글의 주제에서 벗어나지 않는 글을 쓸 수 있다. 개요를 구체적으로 짜기 위해서는 개요의 층위를 여러 단계로 나누어야 한다. 이때 각 개요의 층위에 쓰이는 숫자나 기호의 형식이 달라진다.

I.	1.	1.
II.	2.	2.
1.	1)	2.1.
1)	(1)	2.1.1.
(1)	①	2.1.1.1.
2.	2)	2.1.2.
III.	3.	2.2.
		3.

개요에는 화제 개요와 문장 개요가 있다. 화제 개요는 나누어진 글의 짜임새를 단어나 어구로 간략하게 표현하는 것으로, 쓰고자 하는 글의 내용을 간결하고 명확하게 드러내는 장점이 있다. 그러나 지나치게 간단하게 표현할 경우에는 내용을 오해하여 글의 흐름이 바뀔 수도 있다. 따라서 주로 짧은 글을 쓸 때나 빠르고 간단한 개요가 필요할 경우 사용한다.

문장 개요는 글의 짜임을 완결된 문장으로 나타내는 것으로, 개요를 작성할 때 시간이 걸린다는 단점이 있다. 그러나 실제 글을 쓸 때 개요의 문장을 이어나가기만 해도 한 편의 글이 완성된다는 장점이 있다.

대학 축제를 돌아보며	
화제 개요	문장 개요
1. 서론 　(1) 자발적 행사 　(2) 다양한 효과	1. 서론 　(1) 대학 축제는 학생 스스로가 계획한 프로그램을 중심으로 　　이루어지는 행사이다. 　(2) 학생들이 대학 축제를 경험함으로써 얻을 수 있는 바는 　　많다.
2. 본론 　(1) 가을 축제의 전반적 평가 　　가. 더욱 잘 치러진 행사 　　나. 그러나 일부 문제 제기 　(2) 학생 참여의 저조와 활성화 방안 　　가. 학생 참여도의 저조 　　나. 총학의 역할 모색 　　다. 매체 활용과 홍보의 강화 　(3) 내용의 편중과 다양성 확보 　　가. 서구, 당대 문화의 편향 　　나. 전통 문화의 수용 　　다. 지역 고유의 문화 소개 　(4) 구성원 중심의 배타성과 　　극복 방안 　　가. 대학 구성원 중심의 축제 　　나. 지역민의 참여 유도 　　다. 노인, 여성 등 소외 계층 초청	2. 본론 　(1) 가을 축제를 전반적으로 평가한다. 　　가. 올 가을 우리 대학 축제는 전보다 훨씬 다양하고 풍성 　　　한 내용으로 치러졌다. 　　나. 그러나 행사가 과연 대학 축제 본연의 목표를 달성하 　　　고 있는가에 대해서는 회의적인 시각이 많다. 　(2) 학생 참여의 저조와 활성화 방안을 찾는다. 　　가. 학생들의 참여도가 낮은 것을 지적하지 않을 수 없다. 　　나. 총학생회 차원에서 학생들의 참여도를 높일 수 있는 　　　방안이 모색되어야 한다. 　　다. 학내의 다양한 매체를 통한 홍보를 강화하여야 한다. 　(3) 내용의 편중과 다양성 확보가 필요하다. 　　가. 행사의 내용이 서구나 당대 문화에 편중되는 경향을 　　　탈피하여야 한다. 　　나. 전통문화를 재현하거나, 이를 재구성하여 소개할 수 　　　있다. 　　다. 지역의 민속이나 무형문화재를 소개한다면 내외의 호 　　　응이 클 것이다. 　(4) 구성원 중심의 배타성과 극복 방안을 제시한다. 　　가. 대학 축제가 대학 구성원의 것만이 되어서는 안 된다. 　　나. 지역 주민들이 동참할 수 있는 프로그램의 개발이 반 　　　드시 필요하다. 　　다. 노인이나 여성 등 특정 계층을 대상으로 한 행사를 기 　　　획하는 것도 고려해야 한다.
3. 결론 　(1) 축제는 대학 문화의 정수 　(2) 대동의 잔치	3. 결론 　(1) 축제는 대학의 꽃이다. 　(2) 대학 구성원들과 지역 주민들이 다함께 참여하는 잔치 　　마당이 되어야 한다.

　앞서 제시한 '대학 축제를 돌아보며'라는 제목의 개요를 활용하여 글을 완성하면 다음과 같다.

대학 축제를 돌아보며

대학 축제는 학술, 예능, 체육 등 다양한 분야에 걸쳐 학생 스스로가 계획한 프로그램을 중심으로 이루어지는 행사이다. 정규 교과가 교육적 목적에 의해 대학 당국에 의해 설계되어 제공되는 것과 다른 점이다. 즉 대학 축제는 학생 청년이 그들의 지향하는 가치를 대학의 아카데미즘과 결합시켜 만들어 내는 고유하고도 독특한 문화 행사라고 할 수 있다. 학생들이 대학 축제를 경험함으로써 얻을 수 있는 바는 많다. 기성 사회의 모순을 비판적으로 수용함으로써 건강한 자기 세계관을 정립할 수도 있을 것이고, 학술적이고 예술성 높은 프로그램을 창안, 향유함으로써 미래의 이상적인 사회 문화적 비전을 갖게 될 수도 있을 것이다. 나아가 이러한 행사를 동료들과 함께 준비하고 진행해 가는 과정을 통하여 공동체의 중요성을 인식함과 동시에, 지적, 문화적 소양을 갖춘 지도자로서의 품격을 길러가게 되는 것이다.

올 가을 우리 대학 총학생회가 주최한 제46회 멀구슬 대동제가 교내 일원에서 열렸다. 전보다 훨씬 다양하고 풍성한 내용으로 치러졌다는 후문이다. 학과나 동아리별로 준비한 것들도 매우 짜임새 있고 수준 높았으며, 총학생회가 주관한 여러 행사들도 조직적이고 의미 있었다는 평가이다. 그러나 봄, 가을에 걸쳐 한 해 두 차례 열리는 이 행사가 과연 대학 축제 본연의 목표를 달성하고 있는가에 대해서는 회의적인 시각이 많다. 이 시점에서 우리 축제 문화를 냉정하게 돌아보면서 발전적인 반성의 기회를 가져볼 필요가 있을 것이다.

우선, 학생들의 참여도가 여전히 낮은 것을 지적하지 않을 수 없다. 우리 대학의 축제를 '대동'으로 표방하고 있는 바와 같이 학생 대다수가 참여하는 행사가 되어야 축제 본래의 의의를 찾을 수 있을 것이다. 중요한 것은 학생 스스로가 이 행사를 창안하고 주관한다는 주체 의식을 갖는 것이다. 대학의 교육 과정이 반드시 정규 교과만으로 이루어진 것이 아니라는 인식도 필요하다. 총학생회 차원에서도 학생들의 참여도를 높일 수 있는 방안이 적극적으로 모색되어야 할 것이다. 행사 전 학내의 다양한 매체를 통한 홍보를 강화함으로써 호기심과 흥미를 유발시키는 노력도 필요하다.

다음은 행사의 내용이 서구나 당대 문화에 편중되는 경향을 탈피해야 할 것이다. 청년의 문화, 현대 문화가 당연히 서구 지향적이어야 한다는 것은 사리에 맞지 않다. 우리의 행사 중에 전통적인 내용이 전혀 없는 것은 아니나 다른 행사에 보조적 역할 정도에 머무는 것으로는 충분치 못하다. 우리의 전통 문화를 계승한다는 측면에서 이를 재현할 수도 있을 것이고, 현대적 감각에 맞게 새로운 것으로 재구성하여 소개할 수도 있을 것이다. 한편, 진주 고유의 문화유산을 이 기회에 대학 캠퍼스에서 소개하는 것도 의미가 있을 것이다. 진주와 인근 지역에서 재래의 민속 작품이나 특히 무형문화재로 관리되고 있는 것들을 공연한다면 학내외의 호응은 클 것이라 생각된다. 이 경우, 문화 관련 동아리가 중심이 되어 그 내용을 익혀 학생 스스로가 공연의 주체가 된다면 더욱 좋을 것이다.

다음은 대학의 축제가 대학 구성원의 것만이 되어서는 안 된다는 것이다. 대학은 지역 사회와 유기적인 관계를 맺으면서 상호간 영향을 주고받고 있다. 따라서 대학 축제 기간 중에 지역 주민들이 동참할 수 있는 프로그램의 개발이 반드시 필요하다. 지역 민속의 공연과 연계하여 전승 지역 주민들의 자발적인 참여를 유도하거나, 노인이나 여성과 같은 특정 계층을 대상으로 한 행사를 기획하는 것도 고려해볼 만하다. 이 경우에도 유선방송과 같은 지역 매체를 이용하여 그 내용을 지역 사회에 두루 알리는 노력도 병행해야 한다. 우리 대학이 지역 사회를 선도하는 대학이 되기 위해서는 대학의 문화가 폐쇄적이어서는 안 될 것이고 보다 개방적인 방향으로 나아가야 할 것이다.

대학 축제는 대학의 꽃이다. 이를 더욱 소담스럽게 피워내는 일은 우리 대학 구성원 모두가 담당해야 할 몫이다. 더욱이 학생 스스로가 대학 축제야 말로 대학에서 경험할 수 있는 가장 가치 있는 것들 중 하나라는 자각이 무엇보다 필요하다. 우리 대학의 축제가 보다 수준 높은 내용으로 대학 구성원들과 지역 주민들이 다함께 참여하는, 문자 그대로 대동의 잔치 마당이 되기를 기대해 본다.

제3장

단락의 구성과 전개

1

단락의
특성

　단락은 몇 개의 문장으로 이루어진 글의 단위를 말한다. 아주 짧은 글이라면 단락이 하나일 수도 있을 것이다. 그러나 하나의 단락으로는 글 쓰는 사람의 생각을 충분히 전달하지 못하는 경우가 많다. 그래서 비교적 짧은 글이라 해도 대개 서넛, 또는 그 이상의 단락으로 구성하여 글을 완성시킨다. 한 편의 글에 단락이 둘 이상 있다면 각 단락은 다른 단락과 구별되는 형식상, 내용상의 특성을 지니게 된다.

1) 단락의 형식적 특성

　단락을 구분하는 형식적 장치로는 첫 문장의 첫 칸을 비우는 것이 일반적이다. 그리고 단락의 끝 문장 이후는 빈 공간으로 남겨 둔다. 글을 쓸 때 첫 칸을 비우고, 마지막 문장의 뒤를 빈 공간으로 남겨 두었다면 그것이 하나의 단락이 되는 셈이다. 최근에는 시각적인 효과를 위해서 단락이 시작되는 첫 글자를 돌출시키거나, 아니면 첫 칸을 비우지 않고 다른 단락과 나란히 정렬하기도 한다. 또는 단락의 첫 문장 첫 글자를 다른 글자보다 크게 하거나 색을 달리하는 경우도 있다. 어떤 경우든 마지막 문장 다음에 행 바꾸기를 하였다면 그것이 단락과 단락을 구별 짓는 최소한의 형식상 특성이 된다.

2) 단락의 내용적 특성

단락은 하나의 중심사상을 포함한다. 이것은 글 전체가 주제라는 중심사상을 지니고 있는 것과 같다. 글 전체의 중심사상을 주제라고 하는 것과 구별해서 단락의 중심사상은 '소주제'라고 한다. 단락과 소주제의 관계는 글 전체와 주제의 관계와 같다. 글의 주제도 하나의 완결된 문장, 즉 주제문으로 진술되어야 하듯이 소주제도 마찬가지이다. 소주제를 문장으로 진술한 것을 '소주제문'이라 한다.

주제를 다른 말로 설명하면 쓰고자 하는 글의 범위라고 할 수 있다. 만약 그 글이 범위를 벗어난다면 이는 '주제를 벗어난 글'이 된다. 단락의 소주제도 마찬가지이다. 소주제 역시 단락에서 쓰고자 하는 내용의 범위를 정한 것이라 보면, 한 단락에 속하는 문장 중에서 그 범위를 벗어나는 경우가 있어서는 안 될 것이다. 소주제로 정해진 글의 범위를 넘어서지 않도록 하는 것이 단락의 내용적 특성을 결정지을 것이다.

다음의 글은 '독서의 효과'를 주제로 하여 쓴 글로, 몇 개의 단락으로 구성되어 있다. 이 글의 전체 주제문은 첫째 단락에 있는 '독서의 효과는 이루 말할 수 없이 많지마는 특히 학생의 지적 성장과 관련하여 몇 가지가 된다.'가 될 것이다. 그런데 주제를 드러내기 위해 구성된 단락은 밑줄 친 부분과 같이 각각 하나의 소주제문을 포함하고 있다. 주제가 전체 글의 중심사상이 되는 것처럼 소주제문이 단락의 중심사상이 되는 것이다. 만약 각 단락의 소주제의 범위를 넘어서는 문장이 하나라도 있다면 그것은 잘못 구성된 단락인 것이다.

① 요즘 독서인구가 많이 줄었다고 한다. 출판사의 매출도 뚝 떨어져 경영의 어려움을 하소연하고 있는지가 오래이다. 학생들은 컴퓨터 게임에 열중하고, 휴대폰 문자로

잡담하는 데 여유 시간을 다 소비하고 있다. 그러나 학생들에게 책을 읽어야 한다고 말하지만 그 뚜렷한 이유를 설명하지 못한다면 이들을 설득시킬 수가 없을 것이다. 독서의 효과는 이루 말할 수 없이 많지마는 특히 학생의 지적 성장과 관련하여 다음 몇 가지로 나누어 살펴볼 수 있겠다.

② 우선, 독서는 우리의 정신적 성장에 도움이 된다. 정신적 성장이란 삶을 살아가면서 직면하게 되는 어떤 상황에 보다 지성적이고 합리적인 방향으로 대응하는 것을 말한다. 그러한 지성과 합리성은 다양한 지적 경험이 축적됨으로써 갖추어지게 되는 것이다. 독서는 살아가면서 부딪히게 되는 여러 문제들에 대해서 글쓴이들이 어떻게 사고하고 행동했는가를 보여준다. 이런 선험적 경험들은 우리로 하여금 비슷한 상황에서 올바르게 판단하는 데 소중한 길잡이가 될 수 있을 것이다. 따라서 독서는 결과적으로 한 개인의 정신 성장을 직접적으로 돕게 되는 것이다.

③ 다음으로, 독서는 새롭고 다양한 세계를 알게 해 준다. 한 개인이 경험할 수 있는 세계는 매우 제한적이다. 그러나 독서는 시간과 공간의 제약을 넘어 어떠한 인물도 만나게 해 줄 수 있고, 어떠한 지역에도 이를 수 있게 해 준다. 수천 년 과거에서부터 미래의 세계까지 이끌어주며, 이웃나라로부터 먼 우주 밖까지 인도한다. 또는 실재하는 세계뿐만 아니라 상상으로 창조된 환상과 꿈의 나라에도 도달할 수 있게 한다. 나아가 인간의 섬세한 정신세계로부터 인류의 지적 성찰로 이룩한 광대한 과학 문명의 영역까지 자재로 넘나들게 한다. 독서를 통해 만날 수 있는 세계는 무한하다고 할 수 있다.

④ 인간의 지적 욕망을 충족시킬 수 있는 점도 독서가 지닌 효용성의 한 부분이다. 지적 욕망이란 두뇌가 가진 지식 정보의 총량을 늘리고자 하는 욕구이다. 이 욕구는 인간을 다른 동물과 구분 짓는 것으로, 인류 문명의 탄생의 가능케 한 요인이다. 지식 정보를 넓히는 데는 독서가 가장 효과적이다. 책은 온갖 정보를 다양한 수준에서 제공할 수 있다. 단순한 지식에서부터 고도의 전문성을 요하는 분야의 정보까지 책을 통하여 얻을 수 있다. 이러한 지식욕의 충족은 인간이 지닌 수 있는 또 하나의 즐거움이고

행복이다. 사람들은 책을 통해서 이러한 지적 충족감을 맛볼 수 있는 것이다.

⑤ 마지막으로, <u>독서는 세상을 보는 안목을 향상시킨다.</u> 한 개인의 생각은 자신이 처한 환경 등에 영향을 받을 수밖에 없다. 따라서 사람들은 자칫 편협한 사고 속에 갇힐 가능성이 있다. 그러나 독서는 다른 사람의 관점과 이해의 방식을 다양하게 접하게 한다. 즉 독서는 객관적이고 합리적으로 사고하게끔 하는 힘이 있는 것이다. 따라서 독서는 세상을 보는 안목을 향상시킨다.

1. 다음 단락의 소주제문을 찾아보세요.

① 인간은 고독한 존재이다. 가랑잎이 흩날리는 길거리에서 고개를 기울이고 걷는 한낱 과객에 불과하며, 혹은 차고도 칙칙한 가을비를 남의 집 처마 밑에서 피할 수밖에 없는 서글픈 나그네…… 집이 없는 자일 것이다. 그러나 서로가 집이 없는 고독한 자이기 때문에 우리는 육신만이라도 담을 수 있는, 혹은 몇 사람의 가족이 모여 등을 붙이고 의지할 수 있는 〈집〉에 더욱 깊은 애착을 가지게 되는 것이다.

– 박목월, 『밤에 쓴 인생론』

② 기억의 도구로 여전히 위력을 발휘하는 물건은 바로 수첩이다. 수첩은 배터리와 부팅 과정이 필요 없다. 혹한의 시베리아에서도 태평양 한 가운데서라도 바로 펼쳐 쓰고 볼 수 있다. 수첩에 쓰인 내용은 해킹 당하지도 않고 파일 손상의 위험도 없다. 뭔가 끼적거리는 동안 생각은 정리되고 상상력마저 발동된다. 종이에 무엇인가 써 두는 일은 세월을 통해 입증된 완전한 기록 방법이다.

– 윤광준, 『생활명품산책』

단락의 생성

한 단락 안에서 소주제를 중심으로 덧붙인 다른 문장을 '뒷받침 문장'이라고 한다. 단락은 하나의 소주제문과 그 소주제문을 뒷받침하는 세부적인 문장들로 이루어진다. 그래서 '단락의 생성'이란 소주제문에 뒷받침 문장들을 덧붙여 하나의 단락을 만드는 과정이라고 할 수 있다. 말하자면, 소주제문이 나무의 줄기라면 뒷받침 문장들은 가지와 잎에 해당할 수 있는데, 단락의 생성은 나무에 줄기를 뻗게 하고 가지를 치게 하며, 잎이 피게 하는 것과 마찬가지이다. 단락 생성의 방식은 다음의 다섯 가지 정도로 나눌 수 있다.

① 구체적인 내용으로 뒷받침하는 방법
② 소주제를 다른 식으로 표현하는 방법
③ 예를 들어 설명하는 방법
④ 이유나 원인을 제시하는 방법
⑤ 비교나 대조의 방법으로 소주제문을 뒷받침하는 방법

1) 구체적인 내용으로 뒷받침하는 방법

소주제문은 추상적인 경우가 많다. 전체 내용을 포괄하여 대체적인 인상만을 제시하기 때문이다. 이럴 경우 소주제문을 구체적인 내용을 지닌 뒷받침 문장으로 설명할 필요가 있다. 이때 세부사항을 열거하는 방식이 일반적으로 이용된다. 대개 '브레인스토밍'으로 진술 가능한 상황을 폭넓게 수집한 후 이를 소주제의 범위 내에서 취사선택하고 문맥에 맞게 문장을 다듬어 배열한다.

- 추상적인 서술(소주제문): 휴대전화가 애인보다 좋은 이유는 최소한 다섯 가지이다.
- 구체적인 서술(뒷받침 문장):
  ① 손 안에 쏙 들어와 어디든 갖고 다닐 수 있다.
  ② 싫어지면 쉽게 바꿀 수 있다. 업그레이드도 가능하다.
  ③ 휴대전화가 점점 똑똑해진다.
  ④ 내가 주도권을 가질 수 있다.
  ⑤ 얼마든지 바람을 피울 수 있다.

휴대전화가 애인보다 좋은 이유는 최소한 다섯 가지다. 첫째, 손 안에 쏙 들어와 어디든 갖고 다닐 수 있다. 둘째, 싫어지면 쉽게 바꿀 수 있다. 업그레이드도 가능하다. 셋째, 게다가 점점 똑똑해진다. 카메라, 캠코더, TV 역할까지 해서 심심할 틈을 안 준다. 아는 것도 많은 데다 지갑 대용으로도 쓸 수 있다. 넷째, 내가 주도권을 가질 수 있다. 연락하고 싶으면 언제든지 하고, 싫으면 안 받으면 그만이다. 시끄럽게 굴면 진동모드로 바꾸거나 꺼버린다. 가장 중요한 건 다섯째다. 얼마든지 바람 피울 수 있다는 점. 바로 앞에 사람을 앉혀 놓고도 딴 사람과 내통하는 게 가능하다.

— 김순덕, "애인과 휴대전화", 「동아일보」, 2003. 1. 10.

위의 글에서는 '휴대전화가 애인보다 좋은 다섯 가지 이유'라는 소주제문을 구체화하는 내용의 문장을 순차적으로 배열하여 진술의 효과를 거두고 있다.

2) 소주제를 다른 식으로 표현하는 방법

소주제문을 다른 방식으로 표현함으로써 단락을 전개시키는 방식이다. 소주제문을 좀 더 쉽게 나타내거나 다른 관점이나 기준에서 설명한다. '첫째', '둘째', '셋째' 같은 말을 붙이기도 하는데, 소주제문의 내용을 다양한 각도에서 독자에게 이해시키는 과정이다.

에리히 프롬은 『사랑의 기술』에서 사랑을 다섯 가지로 설명하고 있다. 첫째, 사랑은 관심을 갖는 것이다. 우리는 살면서 많은 사람을 만나게 된다. 많은 사람 중 유독 관심이 가는 이가 있는데 이러한 관심이 곧 사랑의 시작이다. 둘째, 사랑은 존경하는 것이다. 만나는 사람의 위치와 상황을 존중하고 인정하는 것이 곧 사랑이다. 셋째, 사랑은 이해하는 것이다. 이해란 영어로 understand로 '아래에 서다'는 뜻이다. 사랑은 겸손한 마음으로 자신의 입장을 낮추고 상대를 올려다 볼 때 가능하다. 넷째, 사랑은 책임이다. 사람은 본능적으로 자신의 것을 빼앗기지 않으려고 매사에 의무보다는 권리를 주장한다. 그러나 진정한 사랑은 권리보다는 맡겨진 일에 대해 자신의 책임을 다하는 것이다. 다섯째, 사랑은 주는 것이다. 대부분의 사람은 사랑을 주고받는 것이라 생각한다. 그러나 완전한 사랑은 받는 것을 염두에 두지 않고 온전히 주는 행위를 통해서 느낄 수 있다.

– 에리히 프롬, 『사랑의 기술』 재구성

3) 예를 들어 설명하는 방법

소주제문을 생성하는 또 하나의 방법은 예를 들어서 설명하는 방법이다. 글쓰기에서 이 방식은 매우 쉬우면서도 효과적이다. 글감들을 충분히 확보할 수 있다면 예를 든 내용에 살을 붙여 가는 식으로 전개하기 때문에 어렵지 않게 소주제문의 내용을 확장할 수 있다. 읽는 사람의 입장에서도 논리적인 체계를 따르는 글보다는 필자의 의도를 쉽게 파악할 수 있다.

어떤 식물이 어느 장소로부터 기후가 다른 곳으로 옮겨졌을 때 개화기가 달라지듯이, 습성의 변화도 어떤 유전적인 효과를 만들어 낸다. 동물에 있어서는 여러 기관의 사용 또는 불용의 증감이 더욱더 현저한 영향을 미친다. 예를 들어, 집오리는 물오리보다 모든 골격이 무게에 대한 비율에 있어서 날개뼈는 가볍고 다리뼈는 무겁다는 것을 발견했는데, 이 차이는 집오리가 그 조상인 야생오리보다 훨씬 날아다니는 일이 적어지고 걷는 일이 많아졌기 때문이다. 암소나 염소의 젖을 습관적으로 짜는 나라에서는 다른 나라에서보다도 이 동물의 젖통이 크고, 이것이 유전적으로 발달하는 것도 사용의 영향을 증명하는 좋은 예일 것이다. 사육 동물은 대부분 귀가 처져 있는데, 이와 같이 귀가 늘어져 있는 것은 동물들이 위험에 처하는 일이 드물어 귀의 근육을 잘 사용하지 않았기 때문이다.

– 찰스 다윈, 박동현 옮김, 『종의 기원』

4) 이유나 원인을 제시하는 방법

이유나 원인을 제시함으로써 소주제문을 뒷받침하는 방법이다. '왜냐하면…, 그 원인은…' 등으로 진술되는 단락 구성방식이다. 예를 들어, '우리 대학의 100년 미래는 밝다.'라고 했다면 그 이유를 설명해야 할 것이다. '왜냐하면 학생들 모두가 우리 대학에 긍지를 가지고 공부하고 있기 때문이다. 교수들은 연구에 전념하고 학생교육을 위해 많은 노력을 기울인다. 학교 당국은 최적의 교육환경을 조성하기 위해 아낌없이 투자한다.'와 같은 내용의 뒷받침 문장으로 이어갈 것이다. '남강의 수질오염 실태가 더욱 악화되었다.'라는 소주제문에 대해서는 원인을 밝혀야 한다. '그 원인은 상류 지역의 수질 개선노력이 부족한 데 있다. 종말처리 시설의 건설도 예산 지원이 이루어지지 않아 보류되었다. 또한 수변 지역의 숙박시설 등이 정비되지 않고 방치되어 있다.'와 같은 내용의 뒷받침 문장이 이어져야 할 것이다.

    텔레비전은 '바보 상자'라 할 만하다. 텔레비전은 우리가 조용히 생각할 수 있는 시간, 곧 고독의 시간을 빼앗아 간다. 고독의 시간은 우리를 쓸쓸하게 만들기도 하지만, 우리의 독자적으로 사색할 수 있는 시간이 되기도 한다. 그런데 텔레비전은 여러 가지 종류의 오락과 흥밋거리를 가지고 우리를 유혹함으로써 그 앞에 멍하니 앉아 있게 만든다. 또 텔레비전은 우리의 탐구하고 창조하는 힘을 약화시킨다. 텔레비전은 온갖 지식과 새로운 정보들을 안방에까지 가져다주는 충실한 하인과 같은 구실을 한다. 이런 봉사적인 면은 우리에게 도움이 되기도 하지만, 그로 인해서 우리는 스스로 새로운 지식을 찾고 탐구하는 일에 게을러지게 된다.

5) 비교나 대조로 소주제문을 뒷받침하는 방법

    비교와 대조는 둘 이상의 대상 사이의 관계를 통해 기술하는 방식이다. 그러나 비교는 대상들 사이의 공통점을 견주어 보는 것이고, 대조는 대상들 사이의 차이점을 두드러지게 한다. 비교와 대조는 대상의 특징들 중에서 단락에서 다룰 부분을 정하고 이것을 기준으로 일반적으로 알고 있는 원리나 독자가 친숙하게 알고 있는 사실과 관련시킨다.

인류학에서 동양과 서양의 차이는 오랜 연구 주제다. 인류학자들은 동서양의 차이를 다양하게 표현해 왔다. 서양이 개인과 사회를 분리하는 저맥락(low context)이라면 동양은 주변의 영향을 많이 받는 고맥락(high context)이고, 서양인의 특징이 독립성(independence)이라면 동양인의 특징은 상호의존성(interdependence)이며, 서양이 개인의 이익이 중심인 이익사회(gesellschaft)라면 동양은 인간관계가 중심인 공동사회(gemeinschaft)라는 것이다. 이러한 동서양의 차이를 문화심리학에서는 개인주의(individualism)와 집단주의(collectivism)로 표현한다. 현지답사와 면접으로 문화를 연구하는 인류학자들과 달리 문화심리학자들은 다양한 실험을 통해 동서양의 차이를 증명한다.

- 강현식, 『꼭 알고 싶은 심리학의 모든 것』

1. 다음 서술을 소주제문으로 삼아 지시된 방법에 따라 하나의 단락을 완성해 보세요.

① 철수는 매우 부지런한 학생이다. (구체화)

② 우리나라 1인당 연평균 독서량이 감소하였다. (이유와 원인)

③ 결과를 중시하는 풍조는 우리 사회를 멍들게 하고 있다. (예시)

④ 한국 민족은 정(情)이 많다. (비교나 대조)

⑤ 진주는 보수성이 강한 도시이다. (다른 표현법)

3
단락의
유형

글을 쓸 때 소주제문을 어느 위치에 둘 것인가 고려해 보아야 한다. 단락의 첫 부분에 두는 경우를 두괄식, 마지막 부분에 두는 경우를 미괄식, 그리고 소주제문을 첫 부분과 끝 부분에 중복해서 두는 경우를 양괄식 구성이라 한다. 글의 내용에 따라서는 소주제문을 중간에 위치시킬 수도 있는데 이를 중괄식 구성이라 한다. 소주제문을 단락의 문면에 드러내는 경우와 달리, 소주제문을 글의 의미 속에 포괄적으로 제시하는 경우도 있다. 이를 무괄식 구성이라 한다.

1) 두괄식 구성

두괄식 구성은 소주제문을 단락의 첫 부분에 놓는 방식이다. 소주제문이 앞부분에 놓이기 때문에 독자가 단락의 전체 내용을 미리 짐작해서 읽을 수 있는 장점이 있다. 필자의 경우에도 주장하는 바를 명확히 제시할 수 있다. 논점을 흐트리지 않고 주장하는 내용을 끝까지 유지할 수 있기 때문에 단락의 통일성을 확보하는 데도 유리하다. 이런 점 때문에 가장 널리 활용되는 단락 구성 방식이다.

지조를 지키기란 참으로 어려운 일이다. 자기의 신념에 어긋날 때면 목숨을 걸어 항거하여 타협하지 않고 부정과 불의한 권력 앞에는 최저의 생활, 최악의 곤욕을 무릅쓸 각오가 없으면 섣불리 지조를 입에 담아서는 안 된다. 정신의 자존(自尊)을 위해서는 자학과도 같은 생활을 견디는 힘이 없이는 지조가 지켜지지 않는다. 그러므로 지조의 매운 향기를 지닌 분들은 심한 고집과 기벽(奇癖)까지도 지녔던 것이다. 신단재(申丹齋) 선생은 망명 생활 중 추운 겨울에 세수를 하는데 꼿꼿이 앉아서 두 손으로 물을 움켜다 얼굴을 씻기 때문에 찬물이 모두 소매 속으로 흘러 들어갔다고 한다. 어떤 제자가 그 까닭을 물으매, 내 동서남북 어느 곳에도 머리 숙일 곳이 없기 때문이라고 했다는 일화가 있다.

- 조지훈, 『지조론』

2) 미괄식 구성

미괄식 구성은 소주제문이 단락의 뒷부분에 위치하는 구성 방식이다. 따라서 소주제가 명확해지도록 하기 위해서는 뒷받침 문장들 사이의 인과적 연결성이 중요하다. 뒷받침 문장을 따라 순차적으로 이해하면서 소주제문에 도달하기 때문에 글의 논리성이 확보된다면 필자의 생각에 대해 독자가 공감하는 폭을 넓힐 수 있다.

한때는 일필휘지(一筆揮之)나 문불가점(文不加點)이니 해서 단번에 써내버리는 것을 재주로 여겼으나 그것은 결코 경이를 표할 만한 재주도 아니고, 또 단번에 쓰는 것으로 경의를 표할 만한 문장이 나올 수도 없는 것이다. 소동파(蘇東坡)가 「적벽부(赤壁賦)」를 지었을 때 친구가 와 며칠 만에 지었냐고 물으니까 "며칠은 무슨 며칠, 지금 단번에 지었네." 하고 말했다. 그러나 동파가 밖으로 나간 뒤에 자리 밑이 불쑥해서 들춰 보니 여러 날을 두고 고치고 고치고 한 초고가 한 무더기나 쌓였더란 말이 있다. 고칠수록 좋아지는 것은 글쓰기의 진리다. 이 진리를 버리거나 숨기는 것은 어리석다.

- 이태준, 『문장강화』

3) 양괄식 구성

소주제문을 단락의 앞부분에 두면서 뒷부분에 다시 두는 단락 구성 방식이다. 양괄식 구성은 그 형태로 보아서는 두괄식 구성과 동일하다고 할 수 있다. 단지 단락의 중간 단계를 거치면서 필자의 논지가 약화되는 점을 보충할 수 있다는 장점이 있다. 즉 소주제를 단락의 말미에 다시 한번 언급함으로써 소주제를 독자에게 명확히 각인시킬 수 있는 것이다. 여기서 유의할 것은 마지막 부분의 소주제문이 비록 앞부분의 내용을 반복하는 것이라 해도 그 표현은 달리해야 한다는 점이다.

> 사랑이란 본질적으로 "가치를 향한 마음의 세찬 운동"이라고 할 수 있다. 사랑은 여러 가지로 뜻매김되고 있지만, 무엇보다도 가치, 곧 진, 선, 미의 가치를 발견하였을 때 그것을 향하여 우리의 마음이 움직이는 것이 사랑이라는 것이다. 참된 것을 보았을 때 우리는 그것을 희구하고 얻고자 한다. 이것은 진리에 대한 사랑이다. 착한 행위나 거룩한 것을 발견하였을 때 흐뭇해하지 않는 사람은 없다. 우리는 그런 선을 본성적으로 바라고 있기 때문이다. 이는 선행에 대한 사랑이다. 아름다운 대상을 발견하였을 때 거기에 마음이 끌리지 않는 사람은 없다. 이런 미적 가치를 찾아 우리 마음이 움직이는 것이 또한 사랑의 일면이다. 우리가 하는 갖가지 사랑은 본질적으로 이런 가치를 향해서 마음이 세차게 움직이는 데에서 나타나는 것이다.
>
> – 서정수, 『문장력 향상의 길잡이』

4) 중괄식 구성

중괄식 구성은 소주제문을 단락의 중간 부분에 두는 방식이다. 중간의 소주제문까지 뒷받침 문장으로 어느 정도 서술하고, 소주제문 이후 다시 뒷받침 문장을 배열하게 된다. 소주제의 내용을 논리적인 정합성을 따져 진술하고자 할 때 주로 사용하는 구성 방식이다. 그러나 소주제가 단락 중간에 묻혀 주장하는 바가 분명히 드러나지 않는 단점이 있다.

이제 인간들은 이 시간의 지문을 추적하기 시작했다. 주식시세를 알아보려 객장에 앉아 있는 시간과 명상에 잠겨 '나'를 바라보는 시간은 무늬와 내용, 그리고 길이가 너무 다르다. 분명한 건 우리 인간은 시간을 얼마든지 늘릴 수 있다는 사실이다. 지리산 실상사에 가면 묘한 착각이 든다. 산길을 계속 오르다 보면 느닷없이 드넓은 평지가 펼쳐지고, 그 위에 홀연히 서있는 천년 고찰. 그곳엔 시간이 멈춰 서 있는 것 같다. 1200년 된 석탑은 시간을 품지 않고 흘려보내는지 늙지 않았다. 주지 도법스님에게 물었다.

"왜 인간은 속도경쟁을 벌이며 그 안에서 부대낄까요."

"자기중심이 없이 살기 때문이지요. 남만을 좇다보면 결국 '나'를 잃어버려요. 나를 보지 않고 세상만 봅니다. 그러니 허둥지둥 뒤쫓아가고 결국 속도에 매몰됩니다."

– 김택근, "진정한 '느림의 삶'을 위하여", 「경향신문」, 2001. 5. 2.

5) 무괄식 구성

무괄식 구성은 앞의 경우와 달리 소주제문이 단락 가운데에서 표면적으로 드러나지 않는 경우를 말한다. 단락은 뒷받침 문장으로 이루어지지만 그렇다고 해서 하나의 단락을 이루는 통일된 의미가 없다는 것은 아니다. 단락의 소주제는 문단을 이루는 문장들에서 추출되는 총체적인 의미로 구현되는 것이라 할 수 있다. 이 구성 방식은 필자의 주장이 분명하게 드러나야 하는 문장 형식에서는 적절하다고 볼 수 없다. 대신 다양한 수식적 표현이 필요한 문학적인 글에서 주로 활용된다.

이 마을 한 구석에 모화라는 무당이 살고 있었다. 모화서 들어온 사람이라 하여 모화라 부르는 것이었다. 그가 살고 있는 집은 한 머리 찌그러져 가는 묵은 기와집으로, 지붕 위에는 기와 버섯이 퍼렇게 뻗어 올라 역한 흙냄새를 풍기고, 집 주위는 앙상한 돌담이 군데군데 헐린 채 옛 성처럼 꼬불꼬불 에워싸고 있었다. 이 돌담이 에워싼 안의 공지 같은 넓은 마당에는, 수채가 막힌 채 빗물이 고이는 대로 일 년 내내 시퍼런 물이끼가 뒤덮어, 늘쟁이, 명아주, 강아지풀 그리고 이름도 모를 여러 가지 잡풀들이 사람의 키도 묻힐 만큼 거멓게 엉키어 있었다. 그 아래로 뱀같이 길게 늘어진 지렁이와 두꺼비 같이 늙은 개구리들이 구물거리고 움칠거리며 항시 밤이 들기만 기다릴 뿐으로 이미 수십 년 혹은 수백 년 전에 벌써 사람의 자취와는 인연이 끊어진 도깨비굴 같기만 했다.

– 김동리, 『무녀도』

1. 다음 예에서 소주제문의 위치를 검토하여 단락의 유형을 말해 보세요.

① 그런데 죽음은 어느 때 나를 찾아올는지 알 수가 없는 일. 그 많은 교통사고와 가스 중독과 그리고 증오의 눈길이 전생의 갚음으로라도 나를 쏠는지 알 수 없다. 우리가 살아가고 있다는 것이 죽음 쪽에서 보면 한걸음 죽어오고 있다는 것임을 상기할 때, 사는 일은 곧 죽는 일이며, 생과 사는 결코 절연(絶緣)된 것이 아니다. 죽음이 언제 어디서 내 이름을 부를지라도 "네" 하고 선뜻 털고 일어설 준비만은 되어 있어야 할 것이다.

- 법정, 『미리 쓰는 유서(遺書)』

② 선비 정신은 의리 정신으로 표현되는 데서 그 강인성이 드러난다. 신라의 진평왕 때 눌최는 백제군의 공격을 받았을 때 병졸들에게, "봄날 온화한 기운에는 초목이 모두 번성하지만 겨울의 추위가 닥쳐오면 소나무와 잣나무는 늦도록 잎이지지 않는다. 이제 외로운 성은 원군도 없고 날로 더욱 위태로우니, 이것은 진실로 지사·의부가 절개를 다하고 이름을 드러낼 때이다."라고 훈시하였으며 분전하다가 죽었다. 죽죽(竹竹)도 대야성에게 백제 군사에 의하여 성이 함락될 때까지 항전하다가 항복을 권유받자, "나의 아버지가 나에게 죽죽이라 이름 지어 준 것은 내가 추운 겨울에도 잎이지지 않으며 부러질지언정 굽힐 수 없도록 하려는 것이었다. 어찌 죽음을 두려워하여 살아서 항복할 수 있겠는가."라고 결의를 밝혔다. 이처럼 선비 정신은 강인한 의리 정신이 되어 살아 숨 쉬는 것이다.

- 금장태, 『선비』

③ 1964년 겨울은 서울에서 지냈던 사람이라면 누구나 알고 있겠지만 밤이 되면 거리에 나타나는 선술집 - 오뎅과 구운 참새와 세 가지 종류의 술 등을 팔고 있고, 얼어붙은 거리를 휩쓸며 부는 차가운 바람에 펄럭거리게 하는 포장을 들치고 안으로 들어서게 되어 있고, 그 안에 들어서면 카바이트 불의 길쭉한 불꽃이 바람에 흔들리고 있고, 염색한 군용 잠바를 입고 있는 중년 사내가 술을 따르고 안주를 구워주고 있는 그러한 선술집에서, 그날 밤 우리 세 사람은 우연히 만났다. 우리 세 사람이란 나와 도수 높은 안경을 쓴 안(安)이라는 대학원 학생과 정체는 알 수 없지만 요컨대 가난뱅이라는 것만은 분명하여 그의 정체를 꼭 알고 싶다는 생각은 조금도 나지 않는 서른 대여섯 살짜리 사내를 말한다.

- 김승옥, 『1964 겨울』

2. 다음을 소주제문으로 하여 두괄식 단락을 만들어 보세요.

　① 입시 위주의 학교교육으로 학생들의 정서는 메말라 가고 있다.

　② 정치는 양보와 타협으로 발전한다.

3. 다음을 소주제문으로 하여 미괄식 단락을 만들어 보세요.

　① 자연 보호는 한두 사람의 힘만으로 가능하지 않다.

　② 법만으로 사회의 질서를 유지시킬 수 없다.

4. 다음을 소주제문으로 하여 양괄식 단락을 만들어 보세요.

　① 요즘 우리 청소년들에게서 문화적 주체 의식을 찾아볼 수 없다.

　② 이제 현대 사회는 소위 지구촌이라 부를 수 있을 만하다.

통일성과
긴밀성

1) 단락의 통일성

단락은 한 편의 글과 흡사하다. 글에 주제가 있듯이 단락에는 소주제가 있다. 단락은 여러 개의 문장이 하나의 소주제를 중심으로 유기적으로 연결되어야 한다. 이것을 통일성이라 한다. 한 단락 속의 문장들이 통일성을 갖는다는 것은 단락 내의 문장들이 논리적 일관성을 가지고 서로 자연스럽게 연결되어 소주제문을 부각시키는 기능을 충실히 수행하는 것이다. 달리 말해, 단락 내의 모든 문장들이 소주제문에서 벗어난 이야기를 해서는 안 된다는 것이다.

단락이 통일성을 갖추기 위해서는 단락이 소주제의 범위를 한정하고 구체화해야한다. 범위가 넓으면 단락의 내용이 산만해지거나 소주제문에서 벗어난 내용을 포함하기 쉽기 때문이다.

결과를 중시하는 풍조는 우리 사회를 멍들게 하고 있다. 노력하는 과정보다는 어떤 과정을 거쳤든지 결과만이 인정받는 사회분위기 때문이다. 이런 경우가 있다. 한 회사에 두 사원이 입사하였다. 두 사원은 회사의 중국 시작 개척 프로젝트에 함께 참여하였다. 한 사원은 자신이 직접 노력하여 리포트를 완성하였고, 다른 사원은 외부에 일을 맡겨 그 결과를 제출하였다. 회사는 돈을 주고 일을 맡긴 사원에게 더 많은 성과급을 지급하였다. 열심히 노력하여 성과를 낸 사원보다는 비록 외부에 일을 맡겼지만 그저 결과물을 잘 포장하여 제출한 사원을 선발한 것은 우리의 결과중심 사회의 모습을 단적으로 보여주는 사례이다. 과정이 아닌, 결과만 보기 때문에 열심히 노력하는 것이 의미가 없어져 버린 것이다. 극단적이라고 생각할 수 있지만, 우리는 평범한 일상 속에서 이런 경우를 많이 경험한다. 이런 결과중심 풍조가 우리 사회를 잘못된 방향으로 이끌고 있는 것이다.

– 학생 글

위의 글에서 소주제는 '결과를 중시하는 풍조는 우리 사회를 멍들게 하고 있다.'로서 끝 부분에도 같은 의미의 문장을 덧붙이고 있으니 양괄식 구성의 단락이라 할 수 있다. 전체적으로 보아 소주제문을 중심으로 적절한 뒷받침 문장으로 무난하게 쓴 글이라 할 수 있다. 그러나 내용을 따져 보면 심각한 문제점을 지니고 있음이 드러난다.

첫째로 주목할 것은 소주제문의 설정 방식이다. 소주제는 가능하면 단일한 의미 범주로 묶을 수 있는 내용으로 설정하는 것이 단락의 통일성을 확보할 수 있는 방법이 된다. 그런데 위의 소주제문은 '우리 사회에 결과를 중시하는 풍조가 만연하다.'라는 개념과, '그러한 풍조가 우리 사회를 멍들게 하고 있다.'라는 개념을 한꺼번에 포함하고 있다. 이처럼 소주제문이 두 가지 이상의 개념을 한꺼번에 포함하고 있으면 이를 한 단락 안에서 충족시키기가 어려울 수 있다. 이럴 경우 개별적인 개념으로 단락을 나누어서 각각을 소주제문으로 제시하고 글을 쓰는 것이 좋을 것이다.

이런 문제점을 지니고 위의 글을 다시 보면 앞의 염려가 그대로 드러난다. 즉 뒷받침 문장들이 소주제문의 의미 범주를 충분히 채우지 못하고 있는 것이다. 결국 앞의 글은 '우리 사회에 결과를 중시하는 풍조가 만연하다.'는 내용의 소주제를 설정해야 글의 통일성이 확보될 수 있다. 그러나 전체 글의 구성상 위 소주제문의 경우처럼 한 단락 안에 두 개의 개념을 한꺼번에 제시하여 해결하려는 필자의 의도가 있을 수 있다. 그런 경우는 소주제문의 의미 범주를 충분히 충족시키는 형태로 뒷받침 문장을 배열해야 할 것이다.

결과를 중시하는 풍조가 우리 사회를 멍들게 하고 있다. 노력하는 과정보다는 어떤 과정을 거쳤든지 결과만이 인정받는 사회분위기 때문이다. 이런 경우가 있다. 한 회사에 A와 B라는 두 명의 신입사원이 입사하였다. 회사는 중국 시장 개척을 위한 단기 프로젝트를 발주하여 이 두 신입사원으로 하여금 이를 수행하게 하였다. A사원은 중국 현지 방문, 유커 면담 등 다양한 방식으로 직접 연구하여 리포트를 완성하였다. 그러나 다른 B사원은 그 방면 전문업체에 의뢰하여 일을 맡겼다. 회사는 B사원의 결과물에 문제가 있다는 것을 알 수 있었으나 현실적인 필요성을 고려하여 B사원의 것을 채택하였다. A사원은 회사의 이러한 분위기에 실망하여 퇴사해서 다른 회사로 옮겨갔다. 그리고 그는 나중에 옮겨간 회사를 국내 최고의 업체로 성장하게 하는 데 중요한 역할을 하였다고 한다. 이상의 이야기는 우리의 결과 중심 사회의 모습을 단적으로 보여 준다. 과정이 아닌 결과만 보고 평가했기 때문에 열심히 노력하는 중에 축적된 자산의 가치를 인정하지 않은 것이다. 결과만을 중시한 그 회사는 소중한 인재를 잃어버리게 된 것은 물론이고 미래의 생존 자체마저도 보장받지 못할 것은 분명한 것 같다. 극단적이라고 생각할 수 있지만 이런 일이 우리 사회에서 너무나 흔하게 일어나는 게 문제다. 이런 풍조가 단일 기업을 넘어 궁극적으로 국가적 경쟁력까지 잃게 하는 요인이 되는 것은 분명한 사실이다.

– 학생 글

위의 글은 한 단락 안에 '우리 사회에 결과를 중시하는 풍조가 만연하다.'는 개념과 '결과 중시 풍조가 사회를 멍들게 하고 있다.'는 개념을 모두 충족시키고 있다. '이상의 이야기는 ~ 단적으로 보여 준다.'는 문장을 기준으로 문장의 앞에 제시한 내용은 '우리 사회에 결과를 중시하는 풍조가 만연하다.'는 소주제를 뒷받침하는 내용이고, 문장의 뒤에 제시한 내용은 '결과를 중시하는 풍조가 우리 사회를 멍들게 한다.'는 소주제를 뒷받침하는 내용이다. 따라서 필자가 의도적으로 한 단락에 소주제문을 두 개 이상 제시할 경우에는 각 소주제에 관한 충분한 뒷받침 문장이 제시되어야 한다.

　단락의 통일성을 갖추기 위해서는 소주제뿐만 아니라 뒷받침 문장의 내용에도 관심을 두어야 한다. 소주제문을 뒷받침하지 못하는 문장이나 소주제문의 개념과 관련이 없는 문장이 단락 속에 포함되어 있으면 단락의 통일성을 해치기 때문이다.

　　한국에서 신분이 세습화되는 주된 이유는 학벌이라고 할 수 있다. 일류대라는 간판이 주는 부당한 사회적 특혜와 특권을 없애기 위해서는 공교육을 내실화하고 사교육 의존도를 낮추어야 한다. 경제적 형편이 어려운 집안의 학생들에게 장학제도를 확대하고 저소득층에 교육비를 지원해야 한다. 또한 EBS 교육방송과 같은 콘텐츠를 활용하여 소득 계층 간에 정보격차가 빚어지지 않도록 지속적이고 세심한 관심을 가져야 할 것이다. 사교육을 많이 받는 학생에게 유리한 시험위주의 대입전형을 지양하고 다양하고 특성화한 대입 전형을 계발하는 데도 소홀해서는 안 된다. 그리고 상대적으로 저소득층 자녀가 많이 다니는 직업훈련기관이나 실업계고교에 대한 정책적, 재정적 지원이 강화되어야 할 것이다. 그래서 가정 형편이 어려운 이웃 중에 실업계 고교에 진학하는 학생이 많이 늘어났다. 아울러 최근 실시된 공기업의 블라인드 채용과 같은 방식을 확대하여야 할 것이다. 이제 더 이상 교육을 매개로 한 신분의 대물림은 멈추어야 할 것이다.

- 안병영, "교육기회의 불평등", 「동아일보」, 2001. 5. 25. 재구성

　위 단락의 소주제는 '교육을 매개로 한 신분의 세습을 멈추어야 한다.'이다. 그런데 '그래서 가정 형편이 어려운 이웃 중에 실업계 고교에 진학하는 학생이 많이 늘어났다.'는 문장은 이 단락의 소주제인 '교육을 매개로 한 신분의 세습'과는 직접적인 관련을 맺고 있지 않다. 이 단락에서 다루는 내용과 달리 글쓴이의 주변에서 일

어나는 단편적인 현상을 이야기하고 있기 때문이다. 이러한 문장은 단락의 통일성을 해치기 때문에 반드시 제거해야 한다.

앞서 예를 들어 설명한 것 외에도 단락의 통일성을 깨지 않기 위해서 주의해야 할 요건이 있다. 단락의 소주제와 거리가 먼 내용을 중간 단계의 설정 없이 나열한다든지, 중요한 문제보다는 지엽적인 문제에 치중한다든지, 필요한 내용을 빠트린다든지, 쓸데없는 내용이 중간에 나온다든지 하는 것을 경계해야 한다. 글이 통일성을 갖추기 위해서는 글을 쓰는 기본 요건을 모두 고려해야 한다고 할 만큼 한 편의 완성된 글을 쓰는 것은 여러 방면에 관심을 놓지 말아야 하는 일이다.

2) 단락의 긴밀성

단락을 쓸 때 통일성과 아울러 지켜야 할 중요한 요건이 긴밀성이다. 긴밀성이란 앞뒤 내용이 논리적으로 긴밀하게 이어지는 것을 뜻한다. 긴밀성은 한 단락 내에서 각각의 문장이 긴밀하게 연결되어야 하고 그 문장들로 구성된 각각의 단락들도 논리적이고 짜임새 있게 연결되어야 한다.

글의 긴밀성을 높일 수 있는 여러 방법 중에서 가장 관심을 두어야 할 것은 글이 논리적으로 긴밀하게 연결되었느냐 하는 것이다. 다시 말해, 각각의 단락이 드러내고 있는 소주제와 소주제, 한 단락 속의 소주제와 뒷받침 문장의 내용이 논리적으로 긴밀하게 연결될 때 글의 긴밀성은 높아진다.

우리말의 변천사에서 보면 보통소리가 거센소리 또는 된소리로 되는 것은 하나의 뚜렷한 현상이다. 옛날에는 '곳, 길' 하던 깃이 오늘날에선, 꽃, 칼로 변한 것은 누구나 아는 상식에 속한다. 오늘의 우리들은 까마귀, 문뻡, 사껀으로 발음하지만, 노인들은 아직도 '가마귀, 문법, 사건'으로 소리낸다. 이것은 20세기 후반에 들어와서 된소리가 된 예들이다. 이와 같이 현대에 가까울수록 된소리 내지는 거센소리가 많아지는 현상을 언어심리학에서는 사회의 복잡화에 그 원인을 두어 설명한다. 사회가 복잡해

질수록 자극을 강하게 주어야 상대방의 반응을 얻을 수 있기 때문이라는 설명이다. 세다고 하는 것보다 '쎄다'고 말하는 것이 정말로 강한 것같이 들린다는 것이다. 심지어 사모님과 사부님을 '싸모님, 싸부님'이라고 일부 계층에서 발음하기 시작한 것 같다.

－유병석,『꽈사무실』

위 단락은 요즘 대학생들의 발음이 거칠어진 현상과 그러한 현상이 나타난 이유를 언어심리학의 측면에서 설명한다. 한 단락 안에서 현상과 이유라는 논리적 연결 관계를 제시하여 긴밀성을 높인 예이다.

단락 내용의 논리적 긴밀성을 높이기 위한 또 다른 방법은 이음말(연결어)를 적절히 사용하는 것이다. 그리고 단락과 단락, 문장과 문장 간에 긴밀한 관계를 맺어 주는 적절한 어휘를 선택하여 공통적으로 사용하는 경우도 있다.

①나는 이런 삶의 방식을 설명할 수 있는 말을 찾기 위해 노력하다 '단속'이라는 말을 떠올렸다. ②처음 이 말은 좀처럼 자신을 보여주지 않고 자기를 검열하는 모습을 보면서 생각했다. ③남을 믿지 않고 남으로부터 자신을 보호하기 위해 철저히 자기를 단속(團束)하는 것을 곳곳에서 볼 수 있었다. ④**그런데** 의외였던 것은 그렇게 자기를 단속하는 사람들이 어딘가에는 늘 접속해 있다는 점이다. ⑤SNS니 '취향의 공동체'니 하는 곳에는 모두들 중독자처럼 접속해 있었다. ⑥어딘가에 늘 접속해 있으면서 어떤 경우에는 벼락같이 연결을 차단했다. ⑦그들의 모습을 보며 지금 우리가 처한 문제는 관계의 전면적 단절이 아니라 언제, 어느 곳에 접속하고 언제 누구와는 단절하는가가 아닐까 하는 물음이 떠올랐다. ⑧차단하고(斷) 연결하는(續) 문법을 찾는다는 의미에서 단속이라는 동음이의어가 생각난 것도 이때였다. ⑨**이렇게** 사람들의 모습을 살피는 과정에서 우리의 삶이 하나로 이어지지(續) 못하고 파편처럼 끊어져 있으며 이 때문에 많은 이들이 공허해하고 무의미해한다는 것도 알게 되었다. ⑩삶이 연속적일 때 비로소 개인과 사회의 서사(敍事)가 완성되고 이 서사를 갖춰야 내가 내 삶의 주인공

이라는 느낌을 가질 수 있는데, 바로 그 연속성(續)이 끊어진(斷) 것이다. ⑪**이런** 의미로 단속이라는 말을 변주하면서 우리 삶의 형식을 설명해 보고자 했다.

- 엄기호, 『단속사회』

위 단락은 열한 개의 문장으로 이루어져 있고 첫 문장(①)과 마지막 문장(⑪)에 소주제문이 드러나 있는 양괄식 구성이다. 그리고 나머지 아홉 문장은 소주제문을 뒷받침하고 있다. 위 단락의 뒷받침 문장은 추상적인 서술인 소주제문을 구체화하는 방법으로 쓰이고 있다. 구체화하는 뒷받침 문장들은 내용의 중심이 되는 단속(斷續)이라는 용어를 이용하여 현대 사회의 특징을 분석하고 대변함으로써 통일성을 유지하고 있다. 그리고 '단(斷)과 속(續)'같은 상반된 개념의 특징을 비교하여 드러냄으로써 글의 긴밀성을 유지하고 있고, 문장 간에 동일 어휘의 변화된 반복이나 다른 상황에서 일어나는 동일 내용의 적절한 반복으로 긴밀성을 높여 준다. 이외에도 '-는'이나 '-도'와 같은 특수 조사의 활용, '-고, -며, -을 때' 등의 연결 어미 활용, '그런데, 이렇게, 이런' 등의 이음말을 사용하여 긴밀성을 높이고 있다.

이와 같이 글의 긴밀성은 통일된 이야기, 동일 내용의 변화된 반복, 대조와 비교의 적절한 활용, 조사와 어미의 효과적인 사용, 이음말의 삽입 등으로 높일 수 있다. 그러나 이러한 긴밀성을 높이는 방법을 자주 사용할수록 긴밀성이 더욱 높아지는 것은 아니다. 오히려 산뜻하고 명확한 글이 되지 못한다. 이러한 요소들을 적절히 효과적으로 활용할 때에 내용의 긴밀성이 드러나고 짜임새 있는 글이 된다.

단락의 긴밀성은 단락 내에만 적용되는 것이 아니라 단락과 단락 사이에서도 잘 지켜져야 한다. 주제를 생각하면 글의 긴밀성은 단락과 단락 사이에서 더욱 중요하다. 완성된 글의 주제는 뒷받침하는 내용들이 긴밀하게 연결될 때 독자에게 효과적으로 전달되기 때문이다.

책을 배우는 것보다 **사람**을 배우는 것이 훨씬 **쉽다. 쉬울** 뿐 아니라 **사람** 배움에는 가슴에 와 닿는 절절함이 있다. 이것은 책에는 없는 것이다. 한 그루 나무가 그 골짜기의 물과 바람을 제 몸 속에 담고 있듯이 사람의 삶 속에는 당대 사회와 역사의 자취가 **각인**되어 있다. 사람 속에 **각인**되어 있는 이 **사회성**과 **역사성**은 책 속에 정리되어 있는 **사회적** 분석이나 **역사적** 고증에 비하여 훨씬 더 친근하고 생동적이다. 그렇기 때문에 사람을 통하여 도달하게 되는 **사회, 역사적** 인식은 쉽고도 풍부한 것이다.

– 왕스징 지음, 신영복 옮김, 『루쉰전 – 루쉰의 삶과 사상』 서문

위의 글은 이음말을 쓰지는 않았지만 앞의 문장에서 사용한 단어를 뒤의 문장에서 반복해서 사용하여 글의 긴밀성을 높인 예이다. '책을 배우는 것보다 사람을 배우는 것이 훨씬 쉽다.'는 첫 문장의 서술어인 '쉽다'를 활용하여 두 번째 문장을 '쉬울 뿐만 아니라'로 시작한다. 동일한 단어를 반복해서 사용하여 두 문장의 긴밀성을 높였다. 아울러 '사람, 각인, 사회, 역사'와 같은 단어를 뒤의 문장에서 반복하여 쓰고 있는 것을 확인할 수 있다.

단락의 연결을 위해 이음말을 써야 좋은지 안 써야 좋은지는 한 마디로 말하기 어렵다. 쓰면 분명히 긴밀성을 높일 수는 있지만 글이 산뜻하지 못한 느낌을 줄 수도 있기 때문이다. 일단 이음말을 넣었다가 빼도 좋은지, 다른 방법을 동원하는 것이 좋은지는 글을 쓰는 매 순간 고민하고 직접 글을 써 보아야 한다. 중요한 것은 단락의 긴밀성을 높이기 위해서 고민해야 하며 그렇게 긴밀성을 높인 글은 주제를 파악하기 쉽고 단락 간의 짜임새가 돋보이는 좋은 글이 된다는 것이다.

제4장

바른 표현과 정확한 문장

표준어와
맞춤법

글을 쓸 때 표준어를 사용하고 한글 맞춤법에 맞도록 표기하는 것은 매우 중요하다. 그러나 국어의 어문 규정을 완벽하게 이해하는 것은 힘든 일이다. 이에 국어사전을 항상 곁에 두고 의문이 생길 때마다 확인하는 습관을 기르는 것이 무엇보다도 필요하다. 최근에는 컴퓨터 한글 운영체계에서 한글 어문 규정에 맞는 표기 방법을 확인해 주는 프로그램을 지원해 주고 있어 상당한 도움을 받을 수 있다. 그러나 컴퓨터가 해결하지 못하는 경우도 많기 때문에 컴퓨터에 전적으로 의지하는 것은 문제가 있다. 표준어 규정과 한글 맞춤법 중에서 중요한 사안을 골라 미리 학습해 두는 것이 가장 좋을 것이다. 여기서는 우리의 문자 생활 중에 틀리기 쉬운 경우를 문제 형식으로 제시하고, 관련 어문 규정을 찾아보기로 한다.

1) 표준어

① '돐'과 '돌'

다음에서 맞는 표기를 고르세요.

ㄱ. [둘째/두째]
ㄴ. [셋째/세째]
ㄷ. [열두째/열둘째]

표준어 규정 제6항에 관련된 문제이다. 의미 구별 없이 '돌', '둘째', '셋째' 등을 표준어로 정하였다. 다만, '둘째'는 십 단위 이상의 서수사에 쓰일 때에는 '두째'로 한다고 했으니, '열두째'로 표기해야 한다.

② '수병아리'와 '수평아리'

다음에서 맞는 표기를 고르세요.

ㄱ. [수강아지/숫강아지/수캉아지]
ㄴ. [수꿩/숫꿩/수퀑]
ㄷ. [수양/숫양]

표준어 규정 제7항에는 '수컷을 이르는 접두사는 '수-'로 통일한다.'라고 하고, 〔다만 1〕에서는 '수평아리', '수캉아지' 등과 같은 표현에서처럼 접두사 다음에서 나는 거센소리를 인정한다고 하였다. 또, 접두사 '암-'이 결합되는 경우에도 이에 준한다고 하였다. 〔다만 2〕에서는 '다음 단어의 접두사는 '숫-'으로 한다.'라고 하고, '숫양', '숫염소', '숫쥐'를 들었다. 따라서 위의 경우는 '수캉아지', '수꿩', '숫양'이 바른 표현이다.

③ '멋장이'와 '멋쟁이'

다음에서 맞는 표기를 고르세요.

ㄱ. [서울내기/서울나기]
ㄴ. [풋내기/풋나기]
ㄷ. [아지랭이/아지랑이]
ㄹ. [미장이/미쟁이]
ㅁ. [노름장이/노름쟁이]

표준어 규정 제9항에서는 'ㅣ' 역행 동화 현상에 의한 발음은 원칙적으로 표준 발음으로 인정하지 아니하되, 다만 다음 단어들은 그러한 동화가 적용된 형태를 표준어로 삼는다.'라고 하고 '서울내기', '풋내기' 등을 들었다. 그러나 〔붙임 1〕에서는 '아지랑이'로 써야 한다고 규정하고 있다. 〔붙임 2〕에서는 '기술자에게는 '-장이', 그 외에는 '-쟁이'가 붙는 형태를 표준어로 삼는다.'라고 하였다. 따라서 '미장이', '노름쟁이', '멋쟁이'로 써야 한다.

④ '미루나무'와 '미류나무'

다음에서 맞는 표기를 골라 보세요.

ㄱ. [괴팍하다/괴퍅하다]
ㄴ. [으레/으례]
ㄷ. [케케묵다/켸켸묵다]
ㄹ. [허우대/허위대]

표준어 규정 제10항의 '다음 단어는 모음이 단순화한 형태를 표준어로 삼는다.'라고 하여 '미루나무', '괴팍하다' 등을 들었다. 그러므로 '으레', '케케묵다', '허우대'가 맞는 표기이다.

⑤ '웃목'과 '윗목'

다음에서 맞는 표기를 고르세요.

ㄱ. [웃도리/윗도리]

ㄴ. [웃배/윗배]

ㄷ. [위짝/웃짝/윗짝]

ㄹ. [위채/웃채/윗채]

ㅁ. [웃어른/윗어른/위어른]

ㅂ. [웃돈/윗돈/위돈]

표준어 규정 제12항에서 "'웃-' 및 '윗-'은 명사 '위'에 맞추어 '윗-'으로 통일한다.'라고 하였다. 다만, 된소리나 거센소리 앞에서는 '위-'로 하며, '아래, 위'의 대립이 없는 단어는 '웃-'으로 발음되는 형태를 표준어로 삼는다고 하였다. 따라서 '윗도리', '윗배'로 써야 하고, '위짝', '위채', '웃어른', '웃돈'으로 써야 한다.

⑥ '똬리'와 '또아리'

다음에서 맞는 표기를 고르세요.

ㄱ. [무/무우]

ㄴ. [생쥐/새앙쥐]

ㄷ. [솔개/소리개]

ㄹ. [장사치/장사아치]

표준어 규정 제14항에는 '준말이 널리 쓰이고 본말이 잘 쓰이지 않는 경우에는 준말만을 표준어로 삼는다.'라고 하고, '똬리', '무', '생쥐', '솔개', '장사치' 등으로 쓸 것을 규정하고 있다.

⑦ '노을'과 '놀'

다음에서 맞는 표기를 고르세요.

ㄱ. [막대기/막대]

ㄴ. [망태기/망태]

ㄷ. [머무르다/머물다]

ㄹ. [오누이/오누/오뉘]

ㅁ. [시누이/시누/시뉘]

ㅂ. [외우다/외다]

표준어 규정 제16항에서, 준말과 본말이 다 같이 널리 쓰이면서 준말의 효용이 뚜렷이 인정되는 것은 두 가지를 다 표준어로 삼는다고 하였다. 따라서 위의 예들은 모두 표준어이다.

⑧ '쇠고기'와 '소고기'

다음에서 맞는 표기를 고르세요.

ㄱ. [쐬다/쏘이다]

ㄴ. [죄다/조이다]

ㄷ. [쬐다/쪼이다]

ㄹ. [고까옷/꼬까옷]

표준어 규정 제18항, 제19항에 관련된 것으로, 복수 표준어이다. 따라서 '소고기'와 '쇠고기'를 비롯하여 위의 예들은 모두 표준어이다.

1. 다음 각 항에서 바른 표현을 고르세요.

① 그는 있는 재산마저 다 [떨어먹었다/털어먹었다].(제3항)

② [윗칸/윗간]이 [아랫칸/아랫간]보다 크다.

③ [강남콩/강낭콩] 넝쿨이 창을 타고 올라왔다.(제5항)

④ 경기도 좋지 않고 하니 아랫방 [삭월세/사글세]를 좀 더 올려야 하겠다.

⑤ 회사일 때문에 친구 아이의 [첫돐/첫돌] 잔치에 가지 못하겠는걸.(제6항)

⑥ 조선의 [열둘째/열두째] 임금은 누구냐?

⑦ 우리 집 [둘째/두째] 아이가 금년 대학에 입학했다.

⑧ 오늘 사냥은 겨우 [수퀑/수꿩] 한 마리로 끝내야 하겠다.(제7항)

⑨ 울타리를 넘어 온 것은 철수네 집 [수양/숫양]이었다.

2. 다음 각 항에서 바른 표현을 고르세요.

① 풀 속으로 토끼가 [깡총깡총/깡충깡충] 뛰어 다녔다.(제8항)

② 우리집 [막동이/막둥이]가 그래도 정이 제일 많아.

③ 실패해도 [오똑이/오뚝이]처럼 일어서야지.

④ 그는 지독한 [개구쟁이/개구장이]였는데 이제는 철이 많이 들었다.(제9항)

⑤ 순희는 우리 동네 소문난 [멋장이/멋쟁이]이다.

⑥ 부엌을 수리하려면 [미장이/미쟁이]를 며칠 부려야겠는걸.

⑦ [풋나기/풋내기] 같은 녀석, 어디 함부로 덤벼.(제9항)

⑧ 라면은 [양은남비/양은냄비]에 끓이면 제일 맛있어.

⑨ 봄이 되니 [아지랭이/아지랑이]가 언덕 위로 피어오른다.

3. 다음 각 항에서 바른 표현을 고르세요.

① 그는 정말 [괴팍한/괴곽한] 성격을 지녔다.(제10항)

② 고향마을의 [미류나무/미루나무]가 눈에 선하다.

③ 그는 방에 들어설 때면 [으례/으레] 실내화를 신는다.

④ 저렇게 인색하게 행동하니 〔서울 깍정이/서울 깍쟁이〕란 말을 들을 수밖에.(제
   11항)

⑤ 통일은 우리 민족의 가장 절실한 〔바램/바람〕이다.

⑥ 많은 사람들이 보는 곳에서 저런 행동을 하니 정말 〔주책/주착〕없어.

⑦ 여름의 〔상치쌈/상추쌈〕은 정말 별미야.

⑧ 〔지리한/지루한〕 날이 계속 이어지고 있었다.

4. 다음 각 항에서 바른 표현을 고르세요.

① 치과에서 〔웃니/윗니〕를 몽땅 뽑았다.(제12항)

② 〔윗채/위채〕에는 삼촌내외가 기거하고 계신다.

③ 그 집 〔윗쪽/위쪽〕으로는 작은 동산이 있었다.

④ 설날 때는 〔웃어른/윗어른〕께 새배 드리는 것은 당연하다.

⑤ 한 〔구절/귀절〕이라도 놓치지 말고 주목해라.(제13항)

⑥ 보내 준 편지의 〔글귀/글구〕를 뚫어지게 바라보았다.

⑦ 한 〔구절/귀절〕이라도 놓치지 말고 주목해라.

⑧ 〔무우김치/무김치〕는 겨울에 먹어야 제격이다.(제14항)

⑨ 뱀이 길 가운데 〔또아리/똬리〕를 틀고 있었다.

5. 다음 각 항에서 바른 표현을 고르세요.

① 저녁 〔놀/노을〕이 곱다.(제16항)

② 〔오뉘/오누/오누이〕끼리 싸우면 못쓴다.

③ 나무라는 시어미보다 말리는 〔시누/시뉘/시누이〕가 더 밉다.

④ 〔꼭둑각시/꼭두각시〕 놀음은 전통 민속연예의 하나이다.(제17항)

⑤ 빈민 구호용 쌀이 〔너말/네말〕 정도 모였다.

⑥ 빨리 〔할려다/하려다〕 보면 오히려 늦어지는 때가 많다.

⑦ 울타리 밑의 〔봉숭화/봉숭아〕가 예쁘게 피었다.

⑧ 〔소고기/쇠고기〕 한 근만 사 오너라.(제18항)

⑨ 아이의 〔꼬까옷/고까옷〕이 정말 예쁘다.(제19항)

6. 다음 각 항에서 바른 표현을 고르세요.

① 포장마차에서 〔멍게/우렁쉥이〕를 먹을 수 있어.(제23항)

② 저 사람이 〔코주부/코보〕 영감이야.(제24항)

③ 〔광주리/광우리〕 가득 사과를 담았다.(제25항)

④ 〔샛별/새벽별〕을 보며 일터로 간다.

⑤ 그녀는 그 소식을 듣고 〔안절부절못하였다/안절부절하였다〕.

⑥ 사람 참 〔주책이다/주책없다〕.

⑦ 올 〔가뭄/가물〕은 너무 심하네.(제26항)

⑧ 〔곰곰/곰곰이〕 생각해 보면 답이 나올거야.

⑨ 너가 어떻게 행동하든 〔관계없다/상관없다〕.

2) 한글 맞춤법

① '시청율'과 '시청률'

다음에서 맞는 표기를 고르세요.

ㄱ. [명중율/명중률]
ㄴ. [실패율/실패률]
ㄷ. [정형율/정형률]
ㄹ. [선열/선렬]
ㅁ. [분열/분렬]

두음법칙과 관련된 규정인데 혼돈을 많이 일으키는 예들이다. 한글 맞춤법 제11
항에는 '한자음 '랴, 려, 례, 료, 류, 리'가 단어의 첫머리에 올 적에는 두음법칙에
따라 '야, 여, 예, 요, 유, 이'로 적는다.'라고 하였다. '량심(良心)'으로 적지 않고 '양
심'으로 적는 것 따위이다. [붙임 1]에서는 '단어의 첫머리 이외의 경우에는 본음
대로 적는다'라고 하고, '다만, 모음이나 'ㄴ' 받침 뒤에 이어지는 '렬', '률'은 '열',
'율'로 적는다.'라고 하였다. 따라서, '시청률', '명중률', '정형률'로 적어야 하고,
'실패율', '선열', '분열'로 적어야 한다.

② '이리로 오시오'와 '이리로 오시요'

다음에서 맞는 표기를 고르세요.

ㄱ. 이것은 [책이오/책이요].
ㄴ. 어서 [오시오/오시요].
ㄷ. 이것은 [책이요, 저것은 붓이요, 또 저것은 먹이다/책이오, 저것은 붓이
   오, 또 저것은 먹이다].

한글 맞춤법 제15항의 〔붙임 2〕에서 '종결형에서 사용되는 어미 '-오'는 '요'로 소리나는 경우가 있더라도 그 원형을 밝혀 '오'로 적는다.'라고 하고, 〔붙임 3〕에서 '연결형에서 사용되는 '이요'는 '이요'로 적는다.'라고 하였다. 따라서 '어서 오시오.'와 '이것은 책이요, 저것은 붓이요, 또 저것은 먹이다.'로 적어야 한다.

③ '얼룩이'와 '얼루기'

다음에서 맞는 표기를 고르세요.

ㄱ. [오뚝이/오뚜기]
ㄴ. [홀쭉이/홀쭈기]
ㄷ. [뻐꾸기/뻐꾹이]
ㄹ. [귀뚤아미/귀뚜라미]

한글 맞춤법 제23항에는 ''-하다'나 '-거리다'가 붙는 어근에 '-이'가 붙어서 명사가 된 것은 그 원형을 밝히어 적는다.'라고 하고, 〔붙임〕에서 ''-하다'나 '-거리다'가 붙을 수 없는 어근에 '-이'나 또는 다른 모음으로 시작되는 접미사가 붙어서 명사가 된 것은 그 원형을 밝히어 적지 아니한다.'라고 하였다. 따라서 '오뚝이', '홀쭉이'로 적어야 하고, '뻐꾸기', '귀뚜라미', '얼루기'로 적어야 한다.

④ '초점'과 '촛점'

다음에서 맞는 표기를 고르세요.

ㄱ. [아래방/아랫방]
ㄴ. [깨잎/깻잎]
ㄷ. [시구(詩句)/싯구]
ㄹ. [회수(回數)/횟수]

사이시옷에 관한 문제이다. 한글 맞춤법 제30항에는 사이시옷을 받쳐 적는 경우를 아래와 같이 들고 있다. 합성명사가 고유어로만 되거나 고유어와 한자어로 되고 앞말이 모음으로 끝나면서, '(1) 뒷말의 첫소리가 된소리로 나는 것 (2) 뒷말의 첫소리 'ㄴ, ㅁ' 앞에서 'ㄴ'소리가 덧나는 것 (3) 뒷말의 첫소리 모음 앞에서 'ㄴㄴ'소리가 덧나는 것'이라 하였다. 예외 규정으로 두 음절로 된 한자어로서 '곳간(庫間), 셋방(貰房), 숫자(數字), 찻간(車間), 툇간(退間), 횟수(回數)'의 여섯 단어를 들었다. 위 규정에 따라, '초점', '아랫방', '깻잎', '시구', '횟수'로 써야 한다.

⑤ '생각건대'와 '생각컨대'

다음에서 맞는 표기를 고르세요.

ㄱ. [간편게/간편케] 열리도록 뚜껑을 만들었다.
ㄴ. 열심히 [연구도록/연구토록] 하십시오.
ㄷ. [섭섭지/섭섭치] 않아요.
ㄹ. 그는 [서슴치/서슴지] 않고 그 어려운 일을 했다.
ㅁ. 그는 어른 앞에서 말을 [삼가치/삼가지] 않다가 야단을 맞았다.

준말에 관련한 규정이다. 한글 맞춤법 제40항에는 '어간의 끝음절 '하'의 'ㅏ'가 줄고 'ㅎ'이 다음 음절의 첫소리와 어울려 거센소리로 될 적에는 거센소리로 적는다.'라고 하였다. 그래서 '간편게'가 아니라 '간편케', '연구도록'이 아니라, '연구토록'으로 쓴다. 그러나 같은 항의 [붙임 2]에서는 어간의 끝음절 '하'가 아주 줄 적에는 준 대로 적도록 하고 있다. 그래서 '거북치'가 아니라 '거북지'로, '생각컨대'가 아니라 '생각건대'로 적는다. 그런데 '서슴다', '삼가다'는 '-하다'로 끝나는 말이 아니기 때문에 거센소리로 적을 이유가 없다. 따라서 '서슴지', '삼가지'로 적어야 한다.

⑥ '할께'와 '할게'

다음에서 맞는 표기를 고르세요.

ㄱ. 그 일 내가 [할게/할께]

ㄴ. 점심부터 먹고 [할걸/할껄] 괜히 서둘렀네.

ㄷ. 내일 너희 집으로 [갈게/갈께]

ㄹ. 내가 그 일을 [못할소냐/못할쏘냐]?

　가장 많이 틀리는 예 중 하나이다. 한글 맞춤법 제53항에는 '다음과 같은 어미는 예사소리로 적는다.'라고 하고, '-(으)ㄹ거나', '-(으)ㄹ걸', '-(으)ㄹ게' 등을 예로 들고 있다. 그러나 의문을 나타내는 어미 중에 '-(으)ㄹ까?', '-(으)ㄹ꼬?', '-(스)ㅂ니까?', '-(으)리까?', '-(으)ㄹ쏘냐?'는 된소리로 적는다고 하였다. 따라서 '할게', '할걸', '갈게', '못할쏘냐?' 등으로 적어야 한다.

1. 다음 각 항에서 바른 표현을 고르세요.

　　① 너 지금 길을 〔꺼꾸로/거꾸로〕 가고 있지 않니?(제5항)

　　② 아저씨는 번데기를 봉지에 〔담뿍/담북〕 담아 주었다.

　　③ 〔깍뚜기/깍두기〕는 김치의 일종이다.

　　④ 자동차의 엔진 냉각 방식은 〔공냉식/공랭식〕이다.(제11항)

　　⑤ 올해는 〔한냉전선/한랭전선〕이 매우 발달했다.

　　⑥ 유례없는 홍수로 〔피란민/피난민〕의 수가 급증했다.

　　⑦ 저 벽에 그린 〔쌍용/쌍룡〕은 매우 힘찬 모습이다.

　　⑧ 이 총은 〔명중율/명중률〕이 매우 높다.

　　⑨ 순국 〔선렬/선열〕에 대한 묵념.

2. 다음 각 항에서 바른 표현을 고르세요.

　　① 이 음식은 〔소금양/소금량〕이 맞지 않아.(제12항)

　　② 〔기름양/기름량〕을 더 보충해야 할 것으로 생각됩니다.

　　③ 〔무녕왕릉/무령왕릉〕은 백제의 고분이다.

　　④ 〔실낙원/실락원〕은 밀턴의 작품이다.

　　⑤ 이 의자는 너무 〔딱딱/딱닥〕하다.(제13항)

　　⑥ 〔똑닥똑닥/똑딱똑딱〕, 시간은 쉼 없이 흘러갑니다.

　　⑦ 비질을 〔쓱싹쓱싹/쓱삭쓱삭〕 참 잘하네.

　　⑧ 어서 〔오시오/오시요〕.(제15항)

　　⑨ 이것은 〔사과요/사과오〕, 저것은 〔감이요/감이오〕, 또 저것은 배다.

3. 다음 각 항에서 바른 표현을 고르세요.

　　① 그 집은 생각보다 〔가까웠다/가까왔다〕.(제18항)

　　② 진영이는 시험에 실패하여 〔괴로와/괴로워〕 하였다.

　　③ 산 〔너머/넘어〕 남촌에는 누가 사는가.(제19항)

④ 이 산을 〔넘어/너머〕 가면 마을이 나타날 거야.

⑤ 〔홀쭈기/홀쭉이〕와 뚱뚱이. (제23항)

⑥ 〔오뚜기/오뚝이〕처럼 일어서야 한다.

⑦ 봄이 되니 〔뻐꾸기/뻐꾹이〕 소리가 정겹다.

⑧ 우리집에 〔얼루기/얼룩이〕 한 마리가 있다.

⑨ 〔몇 일/며칠〕만에 집에 돌아오는 거야.

4. 다음 각 항에서 바른 표현을 고르세요.

① 모닥불로 〔불나비/부나비〕가 날아들었다. (제28항)

② 그녀는 〔바늘질/바느질〕을 꽤 잘한다.

③ 이 잡지는 〔다달이/달달이〕 배달된다.

④ 김소월의 아름다운 〔싯구/시구〕가 떠오른다. (제30항)

⑤ 오랫동안 〔세방살이/셋방살이〕를 면하지 못했다.

⑥ 〔아래마을/아랫마을〕에 연극단이 들어왔단다.

⑦ 〔횟수/회수〕를 더할수록 강해졌다.

⑧ 〔찻잔/차잔〕을 하나 더 가져와야 하겠다.

5. 다음 각 항에서 바른 표현을 고르세요.

① 〔엊저녁/엇저녁〕에 그를 만났다. (제32항)

② 정말 〔섭섭치/섭섭지〕 않니? (제40항)

③ 효율적으로 〔연구토록/연구도록〕 하여라.

④ 〔거북치/거북지〕 않다.

⑤ 이 방법은 〔익숙치/익숙지〕 않아.

⑥ 그 일은 〔소홀히/소홀이〕 다루어서는 안 된다. (제51항)

⑦ 〔꾸준히/꾸준이〕 노력하는 사람이 성공하기 마련이다.

⑧ 문제를 〔꼼꼼히/꼼꼼이〕 읽어 실수하지 않도록 해라.

6. 다음 각 항에서 바른 표현을 고르세요.

　① 그렇게 간청하니 〔승락해/승낙해〕 줘야겠다. (제52항)

　② 이번 일을 하느라고 크게 〔곤난/곤란〕을 겪었다.

　③ 아버지는 나의 그런 행동에 〔대노/대로〕하셨다.

　④ 인생의 〔희로애락/희노애락〕을 맛보았다.

　⑤ 시키는 대로 〔할걸/할껄〕 괜히 고집 부렸어. (제53항)

　⑥ 이제는 슬슬 움직여 〔볼꺼나/볼거나〕.

　⑦ 이 어려움을 어찌 〔할고/할꼬〕?

　⑧ 공원 이슥한 곳에서 연인이 입을 〔맞추고/마추고〕 있다. (제55항)

　⑨ 무지개가 산 너머까지 〔뻗치고/뻐치고〕 있다.

7. 다음 각 항에서 바른 표현을 고르세요.

　① 겨울이 되면서 〔깊든/깊던〕 물이 얕아졌다. (제56항)

　② 어차피 결정은 네가 하는 것이니까 〔사던지 말던지/사든지 말든지〕 마음대로 해라.

　③ 이번 겨울에 방을 〔늘리는/늘이는〕 공사를 해야 하겠다. (제57항)

　④ 너무 〔느리게/늘이게〕 가면 남에게 방해가 된다.

　⑤ 고무줄을 〔늘여/늘려〕 손가락에 끼우세요.

　⑥ 화가 나서 문을 쾅 하고 〔닫히고/닫치고〕 갔다. (제57항)

　⑦ 태풍에 문이 〔닫히는/닫치는〕 바람에 유리창이 깨졌다.

　⑧ 그는 자전거를 타고 가다가 마주 오는 자동차에 〔받쳤다/받혔다〕.

　⑨ 벽이 무너지려 하니 기둥으로 〔받쳐야/바쳐야〕 한다.

8. 다음 각 항에서 바른 표현을 고르세요.

　① 싸움은 말리고, 흥정은 〔부쳐야/붙여야〕 한다. (제57항)

　② 오늘 안건은 회의에 〔부쳐/붙여〕 결론을 내야 한다.

　③ 〔친구로서/친구로써〕 하는 말이니 기분 나쁘게 듣지 말게.

④ 우리 [인내로서/인내로써] 끝까지 포기하지 말고 지켜봅시다.

⑤ 김이 새 나가지 않도록 병마개를 [덮어라/막아라].

⑥ [하느라고/하노라고] 한 것이 이 모양이다.

⑦ [공부하느라고/하노라고] 꼬박 밤을 샜다.

9. 다음 각 항에서 바른 표현을 고르세요.

① 김장 배추를 알맞게 소금에 [저리는/절이는] 것이 필요하다.(제57항)

② 밥을 [앉힐/안칠] 때는 물을 잘 조절해야 한다.

③ 나는 그와 전부터 [알음/아름]이 있는 사이이다.

④ 날씨가 차가워지니 [목걸이/목거리]가 덧났다.

⑤ 그는 연설을 가벼운 이야기로 [갈음/가름]하였다.

⑥ 올해는 학회비가 잘 [거친다/걷힌다].

⑦ 그는 [놀음판/노름판]에 빠져 가산을 탕진했다.

⑧ 약을 진하게 [다리고/달이고] 있다.

2
어휘의
바른 사용

 문장을 구성하는 기본 단위는 어휘이다. 일반적으로 문맥에 맞게 적절한 어휘를 골라 쓰는 것은 가장 기초적인 언어 능력에 속한다. 그래서 어휘 선택이 잘못된 경우에는 글을 쓴 사람의 지식수준을 의심하게 되는 것이다. 평소에 자신이 습관적으로 쓰고 있는 단어들에 대해 유의하여 다시금 검토해 볼 필요가 있다.

1) 유사어의 혼동

① 우리는 미국에서도 배추를 사서 김치를 〔*담아〕 먹었다.
② 그녀는 또 지난 19세기 이후 잊혀진 콜로라도풍의 발성법을 〔*재연〕시켰다.
③ 16분께까지 22:22로 〔*동률〕을 이루었으나 …
④ 〔*진실〕이 가려지지 않는 한 그를 도와줄 수 없다.
⑤ 그의 본질주의적 정의론은 그 본질적 모순 때문에 결과에 가서는 사소한 것을 꼬치꼬치 따지는 말장난만을 〔*권장〕해 주었다.
⑥ 그러나 응원 방법이 〔*틀려〕 조금은 어색했다.

위 예문들은 어휘의 의미나 형태가 유사하여 혼동을 일으킬 수 있는 경우들이다. ①에서 기본형인 '담다'는 김치를 '담그다'의 '담그다'와 쓰임이 다르다. ②는 한자어 '再演'과 '再現'을 구별하지 못하고 쓴 경우이다. ③의 22:22는 실제 점수를 비교하고 있으니 '동점'이라고 쓰는 것이 맞다. ④에서 가려지는 것은 '진실과 거짓'이므로 '진위(眞僞)'라고 써야 할 것이다. ⑤의 '권장(勸獎)'은 좋은 것을 권하여 장려한다는 뜻으로 쓰인다. 나쁜 일일 경우에는 '조장(助長)'으로 쓰는 것이 옳다. ⑥에서처럼 '틀리다'와 '다르다'를 구별하지 못하는 경우는 매우 흔하다. '이건 약속이 다릅니다.'는 옳은 표현이 아니다. '다르다'를 『우리말 큰 사전』에서 찾아보면 '같지 아니하다, 특별한 데가 있다, 변함이 있다'로 풀이하고 있다. 대신, '틀리다'는 '셈이나 사실 따위가 그르게 되거나 어긋나다, 사이나 감정이 나쁘게 되다, 바라거나 하는 일이 순조롭지 못하다, 서로 견줄 얻는 결과가 다르게 되다.'로 풀이되어 있다. 그러면 위의 경우 '이건 약속이 틀립니다.'로 해야 한다. '지난 번 샀던 옷하고는 색상이 틀리네.'라고 해서는 안 되는 것도 마찬가지이다. '지난 번 샀던 옷하고는 색상이 다르네.'라고 해야 한다.

2) 한자어의 오용

① 각자 만원씩 〔*거출〕하여 이 번 회식에 쓰자.
② 저 영화 여주인공은 〔*뇌살적인〕 관능미를 자랑하고 있다.
③ 식당 차림표에 〔*안주일절〕 무료라고 적혀 있네!
④ 그는 아내도 자식도 없이, 〔*홀홀단신〕으로 생을 마쳤다.

우리말 어휘의 70% 이상이 한자어로 되었다. 따라서 어휘에 대한 이해력을 높이고 이를 정확히 사용하기 위해서는 한자에 대한 지식이 반드시 필요하다. 최근 각종 매체 등에서 한자 사용의 빈도가 낮아짐에 따라 한자 공부도 소홀해지고 있다. 이는 결코 바람직한 일은 아니라고 본다. 수준 높은 글을 쓰기 위해서는 한자 학습이 꼭 필요하다는 점을 인식할 필요가 있다.
①은 대화에서 자주 쓰이는 말로 '갹출(醵出)'이라는 한자를 잘못 읽은 결과이다.

②의 경우는 텔레비전 아나운서조차도 잘못 사용하는 경우도 있다. '뇌살'은 '뇌쇄 (惱殺)'라고 써야 맞다. ③의 '切'자는 그 뜻과 음이 '모두 체', '끊을 절'의 두 경우로 쓰인다. 따라서 '안주 일체'라고 써야 바른 표현이다. '홀홀단신'은 '혈혈단신(孑孑 單身)'으로 써야 한다.

3) 구성 성분 간 호응의 문제

① 한국 팀은 평창 동계올림픽 쇼트트랙 경기에서 지난 올림픽에 이어 우승의 〔*축배를 터뜨렸다〕.
② 그의 성공을 위한 〔*열정 탓〕에 보잘것없었던 회사가 어엿한 중견기업으로 성장했다.
③ 금년 들어 프로 축구의 인기도가 〔*하락세로 치닫고 …〕
④ 연두 기자회견에서 기자들의 질의에 대한 대통령의 말씀 중에 이런 〔*말씀이 계셨다〕.

어휘는 문장 내의 다른 성분과 호응을 이루어야 하는 경우가 있다. 문맥에 따라 어휘 선택에 신중을 기해야 함을 의미한다. ①은 '축배(祝杯)를 들다' 또는 '축포(祝 砲)를 터뜨리다'로 써야 한다. ②의 '탓'은 잘못된 행위를 나타낼 때 쓰는 말이다. '효성'과 어울리지 못하기 때문에 '덕분'이 옳다. ③의 '치닫고'의 '치'는 위로 올라가는 상태를 의미한다. 하락세와 호응을 이루지 못했다. '상승세로 치닫고', '하락세로 내닫고'로 써야 할 것이다. ④의 '계셨다'라는 높임말의 주어가 '말씀'이기 때문에 서로 어울리지 못한다. '말씀이 있었다'로 해야 한다.

4) 존대법

① 〔저희 집〕에 한번 오시면 좋은 식사로 대접하겠습니다.
② 〔*저희 나라〕는 한강의 기적이라 할 만큼 지난 50년 간 놀라운 경제 발전을 이

록하였습니다.

③ 〔*저희 대학〕의 학과별 예산 소요액을 표에 따라 말씀드리겠습니다.

④ 교수님!, 〔*김광식 씨는 직장의 출장 때문에 오늘 수업에 출석하지 못하셨습니다〕.

①처럼, 자기 집을 다른 사람들 앞에서 낮추어 말할 때는 '저희 집'이라고 하는 것은 당연하다. 그러나 ②와 ③의 괄호 속과 같은 표현은 문제가 있다. 한 나라는 존엄의 대상이 될 수는 있어도 겸손의 대상은 될 수 없기 때문에 낮추어 지칭하는 것은 문제가 있다. ③의 경우는 자기 대학과 관계없는 사람에게는 쓸 수 있겠지만, 같은 대학 구성원끼리하는 대화에서도 곧잘 쓰이는 것이 문제이다. 회사의 임직원 자체 회의에서 "〔*저희 회사〕 금년 매출 총액을 말씀드리겠습니다."라고 하는 경우와 마찬가지이다. ④의 경우는 출석을 부르는 교수에게 어느 한 학생이 다른 학생의 결석 사유를 설명하는 상황이다. 교수와 대화 중, 자신보다 나이가 다소 많거나 선배인 동료 학생을 지칭하는 과정에서 흔히 겪게 되는 혼동이다. 교수 앞에서 동료 학생을 지나치게 존대하는 화법은 고쳐야 마땅하다. 소위 압존법(壓尊法)에 대해 이해할 필요가 있다.

5) 피동 표현의 남용

피동 표현을 쓰는 경우가 빈번한데, 이러한 피동 표현의 남용은 부자연스러운 문장은 물론이고 잘못된 피동 표현을 낳는다. 그러므로 문장을 쓸 때는 피동 표현이 바르게 쓰였는지 살펴야 한다.

① 높은 곳에 〔*놓여져〕 있는 접시를 꺼내려다가 크게 다쳤다.

② 한번 〔*맡겨진〕 업무는 최선을 다해 완수해야 한다.

③ 사회 정의와 규범을 부활시키는 정책이 한시라도 빨리 〔*시행되어져야〕 한다.

①에서 '놓다'의 피동 표현은 '놓이다'이다. '놓여지다'는 '-지다'를 써서 이중 피

동을 만든 것이므로 이를 '놓이다'로 바꾸어 표현해야 한다. 즉 '높은 곳에 놓여 있는 접시를 꺼내려다가 크게 다쳤다.'로 고쳐 써야 한다. ②에서 '맡겨지다'는 동사 '맡다'를 바로 쓰면 되는데, 굳이 이를 사동사 '맡기다'로 바꾸고 이에 다시 피동의 '-지다'를 붙인 잘못된 어휘이다. 그러므로 '한번 맡은 업무는 최선을 다해 완수해야 한다.'로 써야 한다. ③에서 '시행되어져야 한다.'도 '되다'에 피동의 의미가 들어 있는데 '-지다'를 써서 이중 피동을 만든 것에 해당한다. 그러므로 '사회 정의와 규범을 부활시키는 정책이 한시라도 빨리 시행되어야 할 것이다.'로 고쳐 써야 한다.

※ '시키다'에 의한 사동 표현이 잘못 쓰이는 경우도 있는데 이 '시키다'는 '하게 하다'라는 의미이다. 그러므로 '시키다'가 쓰인 자리에 '하게 하다'를 넣었을 때 자연스러워야 하며, 그렇지 않으면 잘못 쓴 것이라고 할 수 있다.

(예) 철수는 동생에게 청소시키고 자기는 게임만 했다.

→ 철수는 동생에게 청소하게 하고 자기는 게임만 했다.

*부모님께 여자 친구를 소개시켜 드렸다.

→ 부모님께 여자 친구를 소개하게 해 드렸다.

1. 다음에서 어휘의 선택이 잘못된 부분을 지적하고 이를 바르게 고치세요.

① 올해 우리 회사에서 심혈을 기울여 계발한 공기청정기는 시민들을 미세먼지의 공포에서 벗어나게 해 줄 것입니다.

② 요즘 젊은 사람들의 생각은 기성세대와는 여러 면에서 틀립니다.

② 우승팀다운 면모를 발휘하였다.

③ 이 대학에 합격한 것은 전문 학습지를 장기간 구독한 탓이다.

④ 전쟁 속에서 수많은 인구가 사살 당해야 했고 …

⑤ 우리 팀의 경기력은 상대팀에 비해 월등한 열세였다.

⑥ 이 상자에는 사과가 사십다섯 개 들어 있다.

⑦ 그는 대학의 학문이 전통적인 목적에서 벗어나 사회생활에 직접적으로 도움이 되는 방향으로 전화해야 한다는 견해를 적극적으로 주장하였다.

2. 다음에서 부자연스러운 곳을 고쳐 자연스럽고 올바른 표현이 되도록 하세요.

① 그 문제의 해결 방법을 제게도 배워 주십시오.

② 다음에는 선배님의 말씀이 계시겠습니다.

③ 요리는 오븐에서 꺼낸 후 어느 정도 식혀진 다음에 손님 테이블로 가져가게.

④ 20세기가 다 가기 전에 남북 관계 개선에 새로운 계기가 마련될 것 같은 가능성
이 점쳐진다.

⑤ 우리는 행정기관의 비협조적 태도 때문에 자료를 모집하는 데에 애먹었다.

⑥ 그것이 요즈음 학생들에게 많이 읽혀지는 책이다.

⑦ 열차가 곧 도착됩니다.

⑧ 이 일은 반드시 규명되어져야 합니다.

문장 표현의
적절성

    좋은 문장은 간결하면서도 필자의 의도가 명확하게 전달되는 문장이다. 문장의 뜻이 모호하여 이해하기 어렵다거나 외국어 등의 영향으로 명사형이 여러 번 나열되어 있다거나 문장이 지나치게 길다면, 비록 비문은 아니더라도 우리말답고 우리 호흡에 맞는 자연스러운 문장이라고 보기가 어렵다. 그러므로 문장을 만들 때는 아래 네 가지 경우에 해당되지 않도록 잘 살피는 것이 중요하다.

1) 문장의 구조적 모호성

    접속이나 내포에 의하여 두 문장이 한 문장으로 통합될 경우, 모호한 표현이 되지 않도록 주의해야 한다.

    그는 웃으며 찾아온 그녀를 끌어안았다.

    이 문장은 두 의미로 해석이 가능하다. '그녀가 찾아와서 그가 웃으면서 끌어안았다.'는 의미가 되기도 하고 '웃으면서 찾아온 그녀를 그가 끌어안았다.'는 의미가 될 수도 있다. 이런 경우는 전후 문맥으로 모호성을 해결할 수 있으나, 가능하면 문장의 어순을 바꾸어 문장의 의미가 모호하지 않도록 하는 것이 좋다. 위의 예는 어순을 바꾸어 '웃으며 찾아온 그녀를 그는 끌어안았다.' 또는 '찾아온 그녀를 그는 웃으며 끌어안았다.'로 고칠 수 있다.

2) 군더더기 표현

군더더기 표현은 주로 외래어나 한자어에 고유어를 덧붙여 쓰거나 알 수 있는 수행 행위를 한 번 더 드러내는 것을 말한다. 문장에서 군더더기 표현은 간결성을 해치므로 군더더기 표현을 쓰지 않도록 주의를 기울여야 한다.

① 자료를 일괄 취합하여 제출해 주시기 바랍니다.
② 이번 피해와 관련하여 가능한 한 빨리 현황파악 후 보고할 것

① '일괄'은 '한 데 묶음'을 뜻하고 '취합'은 '모아서 합침'을 뜻한다. 그러므로 '일괄'을 빼서 간결한 문장으로 만든다. 즉 '자료를 취합하여 제출해 주시기 바랍니다.'로 고친다. ② '현황파악 후 보고'라는 말은 '현황을 파악해서 보고하라'는 의미로, '파악'이라는 표현을 쓰지 않아도 충분히 수행 행위가 드러나므로 이를 삭제하여 간결하게 쓴다. '이번 피해와 관련하여 가능한 한 빨리 현황을 보고할 것'이 좋다.

3) 명사형의 지나친 나열

우리말은 서술어가 중심이 된다고 해도 과언이 아니다. 그러나 최근에 명사나 명사항을 나열하여 문장을 만드는 경우가 늘었다. 특히 한자어가 포함된 문장에서 이러한 경우가 자주 엿보이는데, 이는 어딘가 어색하고 우리말답지 못하다. 그러므로

한자어가 서술성을 띌 때는 '하(다)'를 붙여서 명사형이 나열되지 않도록 하는 것이 바람직하다.

① 지금부터 불법 주정차 차량 단속 방법에 대한 설명을 하겠습니다.
② 정부의 소상공인 보호 대책 수립이 늦어져 기업운영 악화 가능성이 높아진다.

① '주정차', '단속', '설명' 등의 한자어는 형태상 명사형일 뿐 사실상 동사이다. 이 명사형에는 바로 어미를 붙여 활용할 수 없다. 그러므로 서술성 한자어 뒤에 '하(다)'를 붙이고 '하(다)' 뒤에 어미를 다양하게 활용하여 자연스러운 우리말이 되도록 한다. '지금부터 불법으로 주정차한 차량에 대해 단속하는 방법을 설명하겠습니다.'로 고친다. ② 역시 '정부의 소상공인 보호대책이 늦게 수립되어 기업운영이 악화될 가능성이 높아진다.'로 고치는 게 좋다.

4) 긴 문장

지나치게 긴 문장을 쓰지 않아야 한다. 문장이 길수록 난해하고, 비문법적이거나 비논리적인 문장이 되기 쉽다. 또한 독자도 글을 읽고 이해하는 데에 부담을 느끼게 된다.

① 우리 면에서는 이번에 면민의 화합과 단결을 위해 제1회 체육 대회를 개최했으며 체육 대회가 끝나고 시상식 이후 한마당 노래자랑 잔치가 시작되어 1등 경품인 대형냉장고를 비롯하여 세탁기, 제습기 등 많은 경품 추첨으로 면민들의 신명나는 하루로 마무리 됐다.

② 우리 면에서는 이번에 면민의 화합과 단결을 위해 제1회 체육대회를 개최했다. 체육 대회 후에는 시상식이 있었으며 '한마당 노래자랑 잔치'도 하였다. 행사의 마지막에는 경품 추첨도 있었다. 1등 경품인 대형냉장고를 비롯하여 세탁기, 제습기 등 많은 경품으로 면민들이 신명나는 하루를 보냈다.

①은 문장의 길이가 너무 길다. 몇 개의 문장으로 나누어 썼으면 좋을 내용을 무리하게 한 문장으로 쓰다 보니 비논리적이고 미숙한 문장이 되었다. 따라서 ②와 같이 문맥에 맞게 적절하게 나누고, 문장이 호응이 되도록 고쳐 쓴다.

1. 다음 문장 표현에서 잘못되거나 어색한 곳을 지적하고 바르게 고치세요.

① 아름다운 그 여인의 푸른 눈동자에 정신을 차리지 못했다.

② 할머니는 어머니보다 나를 더 사랑한다.

③ 누구보다도 솔선하여 법령을 준수해야 한다.

④ 다음 시간에 배울 내용을 미리 예습해 오시기 바랍니다.

⑤ 정부는 서민 보호를 위한 노력을 해야 한다.

⑥ 올해부터는 소음 유발 행위에 대한 벌금 부과를 할 예정이다.

2. 다음 한 문장을 몇 개의 문장으로 나누어 쓰세요.

생각건대, 그의 성격은 단순히 겉으로 봤을 때는 여리고 순진한 사람이지만 자신의 기술로 시계를 만들 때에는 직관과 자부심을 지닌 총명한 사람이며 아무런 대가 없이 이웃을 돕는 선량한 사람이지만 같은 마을의 젊은 여성에 대해서 성적인 욕망도 느끼는 사람이다.

4

비문과
수정

　우리는 한국어 토박이 화자로서 우리말 문장의 구조를 이해하는 수준이 높다. 그래서 비록 잘못된 문장이라도 사용된 어휘나 문맥 등으로 화자의 뜻이 상대방에게 어느 정도 전달될 수는 있다. 실제로 전문 영역의 글쓰기에서 내용 전달에만 치중하여 문장의 정확한 쓰임에는 관심을 두지 않는 경우가 많다. 간혹 글쓰기를 전문으로 하는 사람들의 글에서조차 비문을 찾는 것이 그렇게 어렵지는 않다. 이는 한편으로는 우리말 교육 과정이 근본적인 문제를 지니고 있음을 드러내는 것이기도 하지만, 토박이 화자로서 선천적인 직관력에 기대어 우리말 문장의 구조를 정확히 이해하려는 노력을 소홀히 한 결과이기도 한 것이다. 그러나 정확한 정보 전달을 필요로 하는 지적 글쓰기에서 이런 나태함이 용납될 수 있는 것은 아니다. 다음은 바르게 쓰이지 않는 문장들을 유형별로 사례를 모은 것이다. 이를 중심으로 우리 문장에 대한 이해를 높이고 그 쓰임에 대해 학습한다면 바르고 훌륭한 문장을 만들어 쓸 수 있을 것이다. 참고로 아래 제시한 예문에서 문장 앞에 '*'로 표시된 것은 비문이라는 의미이다.

1) 문장 성분의 잘못된 호응

문장의 구성 성분 사이에 호응이 적절하지 않은 경우는 서술어와 나머지 성분 사이에서 흔히 일어난다. 그러므로 '주어와 서술어', '목적어와 서술어', '부사어와 서술어' 등 호응이 잘 되어 있는지 살펴야 한다.

① *내 생각도 그들의 생각에 다르지 않다.

'다르다'는 '(비교대상)와/과'를 취하는 서술어이므로, '생각과'로 바꾸어야 바른 문장이 된다. '내 생각도 그들의 생각과 다르지 않다.'로 고쳐야 한다.

2) 필수적 문장 성분의 생략

글을 쓰면서 문장 성분을 함부로 생략해서는 안 된다. 생략이 가능한 것은 앞 내용으로 쉽게 예측할 있는 것으로, 앞 내용과 동일하게 반복되는 문장 성분에 한정된다.

② *성형 중독인 그녀는 얼굴에 식용유를 주입하여 망가졌다.

'망가지다' 앞에 주어가 생략되어 있다. 그러므로 주어 '얼굴이'를 넣어야 바른 문장이 된다. '성형 중독인 그녀는 얼굴에 식용유를 주입하여 얼굴이 망가졌다.'로 고쳐야 한다.

3) 의미적·논리적 모순

의미적·논리적 모순이 있는 글은 필자의 의도를 왜곡하고 독자가 독해하는 데에 어려움을 주므로 이러한 표현을 쓰지 않도록 해야 한다.

③ *요즘은 빛 공해로 받는 고통이 소음 공해 못지않게 심각하다.

'빛 공해로 받는 고통'과 등가적 위치에 있는 명사항 역시 '소음 공해로 받는 고통'이 되어야 한다. '요즘은 빛 공해로 받는 고통이 소음 공해로 받는 고통 못지않게 심각하다.'로 해야 한다.

4) 이어지는 문장이나 구의 불균형

대등한 문장을 이어주거나 연속된 행위를 표현한 문장을 이어줄 때는 어미 '-고', '-며', '-거나'를 쓰고, 대등한 명사항을 이어줄 때는 조사 '와/과', '이나' 등을 써야 한다.

④ *그는 몸가짐과 학문이 깊어 많은 사람들에게 존경을 받았다.

명사항 '몸가짐'과 문장 '학문이 깊다'가 조사 '과'로 연결되어 있으므로 이를 '몸가짐이 바르다'는 문장으로 바꾸어 어미 '-고'로 연결해야 한다. 따라서 '그는 몸가짐이 바르고 학문이 깊어 많은 사람들에게 존경을 받았다.'로 고친다.

1. 아래 비문의 잘못된 부분을 고쳐서 바르게 쓰세요.

① 어제 내린 비는 가뭄을 해갈되는 데에 크게 도움이 되었다.

② 흡연은 자신과 이웃의 건강을 해치고 환경을 오염시키는 실정이다.

③ 어르신들을 위해 발전기를 설치하였으므로 이제 전기요금 걱정 없이 겨울을 따
　뜻하게 보내실 것이다.

④ 요즘 학생들은 선생님께 문의하거나 상담하는 것을 불편해 하지 않는다.

⑤ '구인·구직 만남의 날' 행사에 대해 많이 홍보해 주시기 바랍니다.

⑥ 경찰관인 아들은 불법 주정차한 차량이 아버지임을 알았다.

⑦ 보완할 점과 재발 방지 대책을 세워야 한다.

⑧ 이번 여름은 찌는 듯한 더위와 소나기가 잦아서 불쾌지수가 예년에 비해 높다.

2. 아래 비문의 잘못된 부분을 고쳐서 바르게 쓰세요.

① 선거를 통해서 민주주의의 발전에 끼칠 효과는 크다.

② 동성연애라는 하나의 문제를 중심으로 오랫동안 논란이 되었다는 사실은 놀라운 일이다.

③ 전문가로서 선공지식 습득과 사회지도자로서 도덕적 품성을 기르는 일은 대학 생활에서 반드시 필요하다.

④ 지구를 살리기 위해서는 수질 오염 방지뿐만 아니라 대기오염을 줄이는 일도 필요하다.

⑤ 그녀는 단호하게 돈으로 마음을 사는 것을 거부하였다.

⑥ 그녀는 올해 과장으로 승진하고 몇 년 뒤에 남자친구와 결혼을 생각한다.

⑦ 한국 농구팀은 지도력의 부재와 선수들이 서로 불화하여 경기에 졌다.

⑧ 올해부터는 버스 안에서 기사를 폭행하거나 소란 유발 행위에 대해 벌칙을 강화하게 됩니다.

띄어쓰기의 이해

단어를 띄어 쓰면 시각적인 효과를 높여 독서의 효율을 높일 수 있고, 의미를 파악하는 데도 수월하다. 그런데도 요즘 사람들은 글쓰기에서 띄어쓰기를 무시하는 경향이 있다. 전자통신이 일반화되면서 한정된 공간 내에서 정보를 전달하다 보니 생긴 습관이 큰 원인일 것이다. 그러나 제대로 격식을 갖춘 글에서 띄어쓰기는 매우 중요하다. 띄어쓰기 여부에 따라 문장의 뜻이 달라지는 경우는 제외하더라도 글의 품격 자체가 달라질 수 있는 것이다.

한글 맞춤법 띄어쓰기 규정은 그 큰 원칙이 매우 간단하다. 그것은 '문장의 각 단어는 띄어 씀을 원칙으로 한다(제2항)'와 '조사는 그 앞 말에 붙여 쓴다(제41항)'이다. 여기서 단어는 품사의 개념으로, 9개 품사에 해당하는 단어는 띄어 쓴다는 내용이다. 이를 달리 말하면 문장에서 단어의 지위를 갖지 못한 어미나 접사(접미사, 접두사) 등은 붙여 써야 한다는 것이다. 단지 조사는 앞말에 붙여 쓴다고 하였다. 여기서 문제는 어느 것이 단어이고 또 어느 것이 접사나 어미인지 가리는 것이 그렇게 쉽지 않다는 데 있다.

① 믿을 사람은 〔나 밖에, 나밖에〕 없었다.

② 〔사람은 커녕, 사람은커녕〕 개미도 하나 없구나.

③ 그녀는 〔달덩이 같이, 달덩이같이〕 얼굴이 동그랗다.

④ 저는 〔노래하기 보다, 노래하기보다〕 음악 듣기를 더 좋아합니다.

⑤ 그는 뛰어난 학자이다. 〔뿐만 아니라, 그뿐만 아니라〕 실력 있는 의사기도 하다.

⑥ 아버지께서 〔"알았구나."라고 말씀하셨다, "알았구나." 라고 말씀하셨다.〕

위의 문제는 조사와 관련된 문제이다. 단어는 띄어 쓰는 것이 원칙이지만 조사는 다른 단어와 달리 자립성이 없어서 앞 말에 붙여 쓴다.

① 집 떠난 후 〔1여 년, 1여년〕 만에 돌아왔다.

② 지금부터 〔제 9회, 제9회, 제9 회〕 노래자랑 대회를 시작하겠습니다.

위의 문제는 접사와 관련된 것이다. 접사는 단어의 앞이나 뒤에 붙여 쓴다.

① 이렇게 비가 많이 〔내리는데, 내리는 데〕 어딜 가니?

② 부모님을 〔설득하는데, 설득하는 데〕 며칠이 걸렸다.

③ 아장아장 걷는 아이가 얼마나 〔예쁜 지, 예쁜지〕 몰라.

④ 한국에 〔온 지, 온지〕 3년이 되었는데 아직도 한국말이 서툴다.

의존 명사는 명사와 의미기능이 유사하므로 앞말과 띄어 쓴다. 그러나 어떤 말은 의존 명사와 동일한 형태를 취하면서도 어미로 쓰이는 것도 있으므로 잘 구별하여 적어야 한다. 이를 구분하기 위한 방법으로는 조사를 붙여 보는 것이다. 조사를 붙였을 때 자연스러우면 의존명사이므로 띄어 쓴다.

다음 [   ] 속의 붙이거나 띄어 쓴 내용 중에서 하나를 고르세요.

① 우리는 '안녕'이라는 인사말 대신에 〔"밥 먹었어?"라고, "밥 먹었어?" 라고〕 물어보는 경우가 있다.

② 이것은 한국에 〔온지, 온 지〕 〔한 달밖에, 한 달 밖에〕 안 되는 외국인에게는 상당히 낯선 인사말이다.

③ 〔그들 뿐이랴, 그들뿐이랴〕, 〔10여 년, 10 여년〕 정도 한국에서 산 외국인도 가끔 실수를 한다.

④ 〔이같이, 이 같이〕 외국인들은 우리의 인사말 문화를 〔이해하는 데, 이해하는데〕 시간이 제법 걸린다.

제5장

기술방법의 유형

1
설명

1) 설명의 개념

문학작품이 아닌 경우, 우리가 대체로 글을 읽거나 쓰는 것은 잘 모르는 대상이나 사실에 대해 알고 싶거나 알려 주기 위해서이다. 이처럼 어떤 개념이나 사실, 대상 등에 대해 이해하기 쉽도록 풀이하여 쓴 글을 설명문이라고 한다. 우리 주위에는 많은 종류의 설명문이 있다. 다양한 제품의 사용설명서, 단어의 의미를 풀이해 놓은 사전들, 관광지의 유래나 맛집 등을 알려 주는 안내문, 요리 방법을 소개하는 레시피 등은 우리의 삶에 유용한 설명문들이다.

설명문의 목적은 낯설거나 잘 모르는 사실 또는 대상을 쉽게 풀이해 알려 줌으로써 독자를 이해시키는 것이다. 따라서 좋은 설명문이란 독자를 잘 이해시키는 글이라 할 수 있다. 그렇다면 독자를 잘 이해시키려면 어떻게 글을 써야 할까?

먼저, 누구나 이해할 수 있도록 쉽게 써야 한다. 전문가들이나 알 수 있는 어려운 용어로 글을 쓴다면 독자들은 그 글을 잘 이해할 수 없을 것이다. 너무 긴 문장이나 호흡으로 글을 쓰는 것도 삼가야 한다. 짧고 명료한 문장이야말로 의미를 분명히 전달할 수 있는 바탕이 되기 때문이다. 적절하고 구체적인 예를 제시해 주는 것 역시 독자를 잘 이해시키는 방법이 될 수 있다. 또한 지나치게 주관적인 의견을 내세우기보다 누구나 수긍할 수 있는 객관적이고 보편적인 내용으로 구성하는 것이 좋다. 마지막으로 글의 체계를 고려하여 개요를 작성한 뒤 글을 쓰게 되면 독자들의 이해력을 높일 수 있을 것이다.

결국 좋은 설명문이란 독자의 수준을 고려하여 쓴 글이다. 같은 글감이라 할지라도 독자에 따라 단어의 선택이나 문체, 글의 주제 등이 달라질 수 있다. 유치원 아이들을 대상으로 '사랑'이라는 글감의 글을 쓸 때 아가페적 사랑이나 에로스적 사랑을 논한다면 결코 좋은 설명문이 될 수 없는 것처럼 말이다.

예문 1

담배는 왜 해로운가요?

콜록콜록, 담배 연기는 맡기만 해도 맵고 기침이 나죠? 담배 연기 속에는 기관지를 자극하는 물질이 많이 들어 있어서 기침이 난답니다. 담배 연기 속에는 몸에 해로운 성분들이 들어 있어요. 담배 연기 속에 있는 타르라는 성분은 암을 일으킵니다. 그리고 니코틴은 신경 세포들 간의 정보 전달을 방해합니다. 마치 마약같이 담배를 끊기 어려운 것도 바로 이 니코틴 때문입니다. 담배를 많이 피우면 폐암에 걸릴 위험이 커지기도 해요.

그것뿐이 아니에요. 담배를 피우면 염색체 끝에 있는 텔로미어가 짧아진답니다. 텔로미어는 유전자들을 보호하는 역할을 하는데, 나이를 먹을수록 짧아지지요. 담배 때문에 텔로미어가 짧아지니까 우리 몸이 더 빨리 늙게 된다는 뜻이죠!

특히 성장이 활발하게 진행 중인 청소년들이 담배를 피우면, 몸에 미치는 나쁜 영향도 더 크답니다. 어릴 때 장난으로라도 담배를 피워 본 청소년은, 어른이 되어서 담배를 끊지 못하는 골초가 될 가능성이 더 높다고 해요. 그러니까 담배는 처음부터 피우지 않는 것이 제일 좋아요. 내 몸을 사랑하고 건강하게 지켜야 많은 일을 할 수 있다는 걸 잊으면 안 되겠죠!

– 천명선, 『재미있는 신체 이야기』

담배와 담배 연기 성분에는 나프틸아민, 아미노바이페닐, 벤젠, 에틸렌 옥사이드, 디메틸히드라진, 비소, 베릴륨, 니켈, 크롬, 카드뮴, 폴로늄 등과 같은 제1군 발암물질 (사람에서의 확실한 발암물질)을 포함하여 69종의 발암물질이 포함되어 있습니다. 또 한 중독을 일으키는 니코틴을 비롯하여 아세트산, 카테콜, 아크롤레인, 아세톤 등과 같은 7,000여 종의 독성 및 유해 물질도 포함되어 있습니다.

(…중략…)

타르는 200개 이상의 화학물질 복합체로 이 속에는 30가지 이상의 중금속이 포함 되어 있습니다. 일반적으로 '담뱃진'이라고 부르는 타르는 흡연이 우리 건강에 해를 주는 대부분의 유해 물질들의 원천입니다. 이것은 그 독성이 매우 강하여 화초의 제충 이나 재래식 화장실의 구더기를 구충하는 데 이용되기도 하였습니다.

타르 속에는 2,000여 종의 독성 화학물질이 들어 있고, 그 중에는 약 20종류의 발암 물질까지 포함되어 있습니다. 만일 하루에 한 갑씩 1년 동안 담배를 피운다면 유리컵 하나에 가득 찰 정도의 타르를 삼키는 셈이 되는 것입니다. 담배를 피우는 사람과 그 주위에 있는 사람의 폐는 최소한 43가지의 발암물질에 노출되어 있는 것입니다.

－「흡연 바로 알기」, 『금연 길라잡이』 홈페이지

위의 예문들은 모두 담배의 해로움을 설명하고 있다. 그러나 두 글의 독자는 서 로 다를 것으로 예상된다. 첫 번째 예문을 성인들에게 읽힌다면 글의 수준이나 어 투로 인해 반감을 살 수도 있다. 마찬가지로 두 번째 예문을 초등학교 아이들에게 읽힌다면 첫 번째 예문을 읽힌 것에 비해 그 효과가 떨어질 것이다. 좋은 설명문이 되려면 글의 내용뿐만 아니라 독자의 수준 역시 고려해야 한다.

2) 설명의 방법

(1) 정의와 지정

대체로 글의 머리말 부분에는 대상이나 사물에 대한 개념과 의미를 풀어서 제시하는 글쓰기 방법이 필요하다. 필자와 독자가 동일한 개념을 공유하고 있어야 그것에 대한 설명이 올바르게 전달되기 때문이다. 이처럼 어떤 사물이나 대상에 대해 개념이나 의미를 풀어서 전달하는 설명의 방법에 정의와 지정이 있다.

'정의'는 일반적으로 잘 모르는 대상인 피정의항을 A로 두고 그것을 정의항 B로 풀어서 설명하는 방식, 즉 'A는 B이다'의 구조로 실현된다. 예를 들어 '문학'(A)이란 "인간의 사상이나 감정을 언어로 표현하는 예술"(B)로 설명하거나, '에너지'(A)란 "기본적인 물리량의 하나로 물체나 물체계가 가지고 있는 일을 하는 능력을 통틀어 이르는 말"(B)로 설명하는 것이다. 정의는 대체로 보편적이고 객관적인 개념이나 명확한 의미를 제시하므로 사전적 의미와 일치한다.

'지정'은 정의처럼 피정의항(A)을 정의항(B)으로 풀어서 설명한다는 점에서는 같으나, 사전적 의미와는 달리 필자가 자신의 의도에 맞게 새로운 의미를 부여하기도 하므로 좀 더 주관적이고 포괄적인 의미가 드러난다.

마 동

★ 정의

- 인간 : 생각을 하고 언어를 사용하며, 도구를 만들어 쓰고 사회를 이루어 사는 동물.
  ≒ 사람
  –『국립 국어원 표준국어대사전』, http://stdweb2.korean.go.kr

★ 지정

- 인간 : 지구의 입장에서 볼 때 인간은 피부에 기생하는 암세포에 상응하는 미생물이다. 그것들은 지구의 피부 전역에 착생하여 닥치는 대로 부스럼을 만들고 종양을 일으키며 살을 썩게 만든다. 그뿐만 아니라 다른 생명체들을 닥치는 대로 살상하고 심지어는 지역별로 세력권을 형성하여 같은 종끼리도 잔혹하게 목숨을 짓밟는다. 인간들의 체내에도 여러 가지 형태의 미생물들이 기생한다. 그중에서 가장 진화된 미생물은 인간들이 백혈구라고 명명한 혈액세포의 일종이다. 그것은 핵을 가진 하나의 독립 세포다. 그것

은 숙주와 거의 완벽한 조화를 이루고 있어서 그것이 감소하면 숙주도 생명의 위험이 따르게 된다. 그러나 지구는 인간이 감소한다고 해도 결코 생명의 위험은 따르지 않는다. 오히려 각종 피부질환만 치료될 뿐이다. 지구가 바뀌기를 바라지 말고 인간 스스로를 바꾸면서 살아갈 일이다.

– 이외수, 〈인간〉, 『감성사전』, 동숭동.

다음 단어들 중 하나를 골라 정의 또는 지정의 방법으로 설명해 보세요.

> 자서전, 사랑, 우정, 혼술, 버킷리스트, 인간다움

(2) 비교와 대조

사물이나 대상을 설명할 때 각각이 지닌 비슷한 점이나 서로 다른 점에 초점을 맞추어 제시하는 것이 더 효과적인 경우가 있다. 예를 들어 '인간'에 대해 설명한다고 가정했을 때, 동물들과는 어떠한 점이 유사하고 또 어떠한 면에서 차이가 있는지를 밝혀 서술하는 것이 그 자체의 의미만을 제시하는 것보다 더 유용한 방법이 될 수 있다. 이때 서로가 지닌 공통점을 가지고 설명하는 것을 '비교', 차이점을 밝혀 설명하는 것을 '대조'라고 한다. 주의할 점은 "둘 이상의 사물을 견주어 서로 간의 유사점, 차이점, 일반 법칙 따위를 고찰하는 일"을 뜻하는 사전적 의미의 '비교'와는 구분해야 한다는 것이다.

헐크와 스파이더맨의 공통점은 '방사능 물질'에 의해 비정상적인 운명과 마주하게 됐다는 점이다. 방사능 물질이란 우라늄이나 토륨과 같이 방사선을 방출하는 물질을 말한다. 이러한 물질들은 원자구조가 매우 불안정해 자발적으로 방사선을 방출하면서 다른 원자로 전환되는데, 이때 방출되는 방사선 중에 하나가 '감마선'이다. 감마선은 방사능 물질이 알파선이나 베타선을 내고 붕괴한 직후, 일시적으로 들뜬 상태에 있는 원자핵이 안정된 에너지 상태로 돌아올 때 방출된다. 감마선은 세포의 조직을 손상시키거나 정상적인 활동을 막고, 유전자의 돌연변이를 유발하기도 하는 등 X선보다 에너지가 크고 투과율도 높기 때문에 위험하다.

(…중략…)

SF 영화사에 최고의 걸작으로 손꼽히는 〈놀랍도록 줄어든 사나이(The incredible Shrinking Man)〉역시 방사능에 노출된 후 계속 작아져 벌레만해진 사람의 이야기를 다루고 있다. 몸집이 작아진 주인공은 아내와 사랑할 수도 없고, 집에서 기르던 고양이에게 쫓기기도 하고, 벌레와 목숨 걸고 싸워야만 하는 자신의 신세에 심하게 비관하지만, 결국 인간은 여전히 이 거대한 우주에 비하면 하찮은 존재이면서 동시에 위대한 존재라는 사실을 깨닫게 되는 장면으로 끝을 맺는다.

 – 정재승, 『물리학자는 영화에서 과학을 본다』, 도서출판 어크로스

〈배트맨 포에버〉에서 짐 캐리가 연기하는 악당 에드워드 니그마는 배트맨의 다른 얼굴인 브루스 웨인이 경영하는 웨인 엔터프라이즈에 고용된 과학자다. 그는 텔레비전 주파수를 뇌파와 연결시켜 시청자가 텔레비전 주인공이 되는 홀로그램 장치를 개발하자고 브루스 웨인에게 동업을 제안한다. 인간의 뇌를 이용해 돈을 벌려는 니그마의 제안에 대해 너무 비인간적이라고 웨인이 거절하자, 니그마는 독기를 품고 뇌파 기계를 독자적으로 개발하는 데 성공한다. 그리고 그의 복수심은 곧바로 무서운 집착 증세로 돌변하여 우선 자신을 알아주지 않은 직속 상사를 고층빌딩에서 죽이고, 한때 자신이 우상으로 여겼던 브루스 웨인을 복수의 표적으로 삼는다. 자신의 제안을 거절한 웨인을 향해 "천재를 몰라보다니 후회할걸"이라고 되뇌는 니그마의 음습한 복수심 속에는 세계를 지배하려는 야욕 또한 담겨있다.

악당 니그마는 SF 영화에 자주 등장하는 여느 악당들과 크게 다르지 않다. 대개의 경우, 그들은 탁월한 과학자이지만 외골수적인 기질로 인해 합리적인 주류 세계에서 밀려나게 되고, 그 복수심으로 테크놀로지의 위용을 통해 세계를 지배하려는 야욕을 부린다. "이 기계만 완성되면 세계는 내 것이다."라고 떠벌리는 악당들의 망상은 기술의 쟁취를 통해 세계를 지배하려는 '기술제국주의'적 편집증의 증세와 다르지 않다

– 정재승, 『물리학자는 영화에서 과학을 본다』, 도서출판 어크로스

위의 예문들은 모두 비교의 방법으로 대상을 설명하고 있다. 〈예문 1〉에서는 헐크와 스파이더맨, 그리고 〈놀랍도록 줄어든 사나이(The incredible Shrinking Man)〉 속 주인공을, 방사능 물질에 노출돼 비정상적인 운명과 마주하게 된 캐릭터라는 공통점으로 설명하고 있다. 〈예문 2〉에서는 탁월한 과학자이지만 합리적인 주류 세계에서 밀려 나게 되자 복수심을 품고 세계 지배의 야욕을 부리는 영화 속 악당들을 비교의 방법으로 서술하고 있다.

아이의 성격은 그의 정신적 발달이 진행되어 온 방향과 일치한다. 이 방향은 직선형이거나 곡선형이다.

직선형의 성격을 가진 아이는 외곬으로 목표를 추구하기 때문에 공격적이고 용감한 성격으로 발달한다. 초기 단계의 성격은 공격적이고 적극적인 특징을 지닌다. 그러나 아이가 어려움에 부딪히게 되면 직선적이었던 성격은 다른 방향으로 전환되거나 수정된다. 알다시피 주변의 저항이 커서 우월하고 싶은 목표를 성취할 수 없게 되면, 아이는 어려움을 느낀다. 아이는 어떤 식으로든 이 어려움을 우회하려고 하며, 이 우회 과정에서 특정한 성격상의 특징이 생기게 된다. 신체적인 결함이나 주변 환경의 부당함 같은 어려움도 아이의 성격 발달에 영향을 미친다. 피할 수 없는 더 큰 환경의 영향도 중요한 역할을 한다. 왜냐하면 부모나 교사의 요구, 생각, 감정 등에 표현되는 공적인 삶이 아이의 성격 형성에 영향을 미치기 때문이다. (…중략…)

이와 달리 곡선형의 성격을 가진 아이는 직선형의 아이보다 용기가 없다. 또한 화제의 위험과 주변의 적을 조심해야 한다는 것을 이미 알고 있다. 이런 아이는 우회로를 선택하며 머리를 써서 인정과 권력을 얻으려고 한다. 우회의 정도는 아이가 얼마나 조심스러운지, 아이가 삶의 필연성과 얼마나 조화를 이루는지 혹은 그것을 얼마나 회피하는지에 따라 달라질 수 있다. 곡선형 성격의 아이는 자기의 과제에 바로 접근하지 못한다. 또한 겁이 많고 수줍어할 뿐만 아니라 사람을 정면으로 쳐다보지 못하며, 진실도 제대로 말하지 못한다. 이 아이가 직선형의 아이와 다른 목표를 가지고 있다고 말할 수는 없다. 이 두 유형의 아이들은 비록 서로 다르게 행동하지만 동일한 목표를 가지고 있다.

– 알프레드 아들러 지음, 라영균 옮김, 『인간이해』, 일빛

〈예문 3〉은 아이의 성격이 발달해 온 방향에 따라 직선형 성격과 곡선형 성격으로 나누어 설명하고 있다. 대조의 방법으로 두 성격의 차이점을 드러냄으로써 각각의 성격이 지닌 고유한 특징을 두드러지게 보여 준다.

우선 이 영화에 대해 이야기하기 전에 짚고 넘어가야 할 것이 있다. 도대체 이 영화에 등장하는 토네이도는 태풍과 어떻게 다른 것일까? 또 회오리바람과는 어떻게 다른 것일까?

태풍은 바다에서 발생하는 열대성 저기압인데, 발생하는 바다에 따라 태풍, 허리케인, 사이클론으로 불린다. 수온이 27℃ 이상 되는 위도 5~10도의 따뜻한 바다에 높이 1만 2000미터 정도 되는 깔때기 모양의 거대한 적운이 만들어지면서 태풍은 태동한다. 깔때기의 높은 곳에서는 공기의 흐름이 밖으로 뿜어져 나가고 밑으로부터는 다시 많은 공기가 빨려 들어간다. 지구의 자전은 이 거대한 공기 기둥을 회전시켜 만든다.

토네이도는 강력한 상승 기류를 가진 격렬한 저기압성 폭풍이다. 태풍과 다른 점은 내륙지방에서 발생한다는 것인데, 주로 미국에서 발생한다. 지름은 태풍의 1000분의 1밖에 안 되지만 중심 부근에서는 풍속이 100㎧ 이상 되는 일도 있고 중심 진로에 있는 지물을 맹렬한 기세로 감아올리기 때문에 파괴력은 태풍보다 더 세다. 우리가 '회오리바람'이라고 부르는 것은 저기압 핵심 주위에서 급하게 회전하는 공기 기둥으로, 토네이도와 유사하지만 훨씬 작고 강도나 파괴력도 약하다.

– 정재승, 『물리학자는 영화에서 과학을 본다』, 도서출판 어크로스

이처럼 비교와 대조의 설명 방법은 두 사물이나 대상이 지닌 공통점 또는 차이점을 들어 설명하기 때문에 대상들의 특징을 동시에 파악할 수 있다는 장점이 있다. 하지만 주의해야 할 점도 있는데, 대상들을 비교 또는 대조하는 일정한 기준이 반드시 있어야 한다는 것이다. 인간과 사자를 대조할 때, 인간은 도구를 사용하고 사자는 밀림에서 산다는 식으로 무작위로 설명하는 것은 아무런 의미가 없다.

다음 대상들 중 하나를 골라 비교 또는 대조의 방법으로 설명해 보세요.

문제

기숙사와 자취, 사랑과 우정, 손편지와 이메일, 선풍기와 에어컨

(3) 분류와 분석

대상의 의미와 특징이 보다 명확하게 드러날 수 있도록 그것이 속한 상위항목이나 하위항목을 밝혀 설명하는 방법을 '분류'라고 한다. 경우에 따라서는 하위항목들을 상위항목으로 묶어 설명하는 것을 '분류', 반대로 상위항목을 하위항목으로 나누어 설명하는 것을 '구분'으로 구별하여 사용하기도 한다. 예를 들어 시, 소설, 희곡, 수필 등을 '문학'으로 묶는다면 분류의 방법이 사용된 것이고, '예술'을 문학, 음악, 미술, 영화 등으로 나눈다면 구분의 방법이 사용된 것이다.

분류로 대상을 체계화할 경우, 그것을 묶거나 나누는 기준의 설정은 매우 중요하다. 일관되고 분명한 기준을 설정해야 필자가 말하고자 하는 주제가 효과적으로 드러날 수 있기 때문이다. 또한 분류된 항목들은 각각 동일한 값을 지니고 있어야 한다. 예를 들어 '예술'을 현대시와 고전음악, 미술, 대중예술 등으로 나눈다면 이는 잘못된 구분으로 필자가 말하려는 주제가 제대로 드러나지 않게 된다.

아래의 〈예문 1〉은 문학비평을 세 가지 하위비평들로 나누어 설명하고 있는데, 무엇에 대한 비평인지 그 대상을 기준으로 구분하였다.

예문 1

　문학비평의 대상에 따라 비평은 크게 세 가지로 분류된다. 그것은 이론비평(theoretical criticism)과 실천비평(practical criticism), 그리고 비평에 대한 비평(meta criticism)이다. 문학의 본질과 목적, 기능, 가치 평가의 기준 등에 대해 논의하는 것이 이론비평이라면, 고금의 문학작품에 대해 그 의미를 해명하고 가치를 평가하며 작가의 기능을 논하고 그 위치를 결정하는 것이 실천비평이다. 그리고 이러한 비평 행위 자체에 대한 비평, 이미 발표된 비평문에 대한 비평은 '비평에 대한 비평', 즉 메타비평이라고 한다.

　이론비평은 일반적 원리에 기초하여 문학작품의 고찰과 해석에 적용될 수 있는 용어·구별·범주들의 일관된 체계는 물론이고 작가와 작품을 평가할 수 있는 기준을 세우려고 노력한다. 서양 최초의 이론비평서로는 아리스토텔레스(Aristoteles)의 『시학(詩學)』이 유명하고, 동양에서는 중국 문학비평사 위에 한 획을 그었다는 유협(劉勰)의 『문심조룡(文心雕龍)』(6세기경)이 알려져 있다. 현대에 와서는 루카치(G.

Lukacs)의 『소설의 이론』(1916)을 비롯하여 프라이(N. Frye)의 『비평의 해부』(1957) 등 많은 이론비평서가 나왔다. 우리나라 초기 현대 문학비평사상 이론비평의 예로는 이광수의 『문학이란 하(何)오』(1916)를 들 수 있는데, 거기에는 문학의 정의, 문학과 감정, 문학의 재료, 문학과 도덕, 문학의 실효, 문학과 민족성, 문학의 종류 등에 관한 논의가 이루어져 있다.

실천비평은 특정한 작품과 작가들에 대한 논의에 관심을 둔다. 모든 논의에는 이론의 뒷받침이 있게 마련이지만, 실천비평의 경우, 이론이나 원칙은 표면에 드러나기보다는 내재되어 있다. 근대문학 초기에 김동인이 발표한 「춘원연구」나 「조선근대소설고(朝鮮近代小說考)」는 모든 실천비평의 본보기가 된다. 김동인은 그의 「춘원연구」에서 이광수의 소설 「어린 벗에게」·「소년의 비애」·「무정」·「개척자」·「단종애사」·「흙」 등에 관한 구체적 작품 분석을 시도하고 있으며, 「조선근대소설고(朝鮮近代小說考)」에서는 이인직·이광수·염상섭·현진건·나도향의 작품을 고찰하고 있다.

한편 비평에 대한 비평은 비평 행위 자체에 대한 평가에 초점이 있다. 곧, 비평의 이론적 바탕, 시각, 작품의 분석방식, 가치 평가 등 전 과정에 대한 비평인 것이다. 예를 들어 1920년대 김기진과 박영희 사이에서 벌어졌던 내용 – 형식 논쟁, 김동인과 염상섭 간의 변사론 – 판사론 논쟁, 백낙청과 박경리 사이에 있었던 「시장과 전장」 논쟁, 하일지의 「경마장 가는 길」을 두고 벌어졌던 신문지상의 논전 등이 그런 것이며, 논쟁의 형태가 아니라 기본적으로 비평문에 대한 정리와 가치평가의 과정은 모두 메타비평에 해당된다.

– 박태상·이상진 공저, 『문학비평론』, 한국방송통신대학교 출판부

'분석'은 대상을 하위항목으로 나누어 설명한다는 점에서는 구분과 유사하지만 이 둘은 분명한 차이가 있다. 구분이 같은 범주에 속하는 유사한 하위항목들로 나누는 방법이라면, 분석은 대상을 구성요소들로 나누어 전체와 요소들의 관계, 기능, 역할 등을 설명하는 것이다. 예를 들어 시계를 벽시계, 탁상시계, 손목시계, 목걸이시계 등으로 나눈다면 구분의 방법이 사용된 것이지만, 시침, 분침, 초침, 태엽, 유리 등으로 나누어 그 기능을 설명한다면 이것은 시계를 분석한 것이 된다.

사람의 몸은 약 60조 개의 세포로 이루어져 있다. 세포 하나의 핵에는 46개의 염색체가 있으며, 염색체를 이루는 DNA는 약 60억 개(30억 쌍)의 염기로 구성되어 있다. 생명체의 염기 배열순서는 일정하게 유지되며, 정상적인 경우에는 저절로 바뀌지 않는다. 이러한 순서에 이상이 생기는 경우가 돌연변이다. 유전자의 염기 서열 중에서 세포의 성장 속도에 관여하거나 유전자 복제 실수를 복구하는 유전자가 있는 부위에서 돌연변이가 일어나면, 이 세포는 암세포로 변할 수 있다. 이런 부위에 돌연변이를 일으킬 수 있는 물질을 발암물질이라고 한다.

우리 몸속의 세포는 매초마다 50만 개가 파괴되어 없어지고 하루에 약 432억 개의 세포가 새로 만들어진다. 하루 동안 만들어지는 전체 세포의 DNA를 연결하면 달까지 (38만 4400km) 112번 왕복할 수 있을 정도의 길이가 된다. 이처럼 엄청난 양의 DNA가 합성될 때에도 유전자의 염기서열은 정확하게 유지되어야 하는데, 발암물질에 의하여 염기서열이 바뀌면 암세포가 만들어질 수 있다. 우리 주변의 물질 중 발암물질을 가장 많이 함유하고 있는 것은 담배이며, 69종 이상의 발암물질이 담배연기 속에 들어 있다.

– 한국과학문화재단 엮음, 『교양으로 읽는 과학의 모든 것 1』, 미래 M&B

한국의 산수에는 깊은 협곡이 패어지고 칼날 같은 바위가 용립하는 그런 요란스러운 곳은 적다. 산은 둥글고 물은 잔잔하며, 산줄기는 멀리 남북으로 중첩하지만, 시베리아의 산맥처럼 사람이 안 사는 광야로 사라지는 그러한 산맥은 없다. 둥근 산 뒤에 초가집 마을이 있고, 산봉이 높은 것 같아도 초동이 다니는 길 끝에는 조그만 산사가 있다. 차창에서 내다보면, 높은 산 위에 서 있는 촌동 2, 3인의 키가 상상 이외로 커 보이는 곳은 우리나라밖에 없다. 그만큼 우리나라의 산은 부드럽고 사람을 위압하지 않는다. 봄이 오면 여기에 진달래가 피고, 가을이 오면 맑은 하늘 아래 단풍이 든다. 단풍은 세계 도처에서 볼 수 있으나, 미국이나 캐나다처럼 길을 뒤덮고 산을 감추어 버리는 그러한 거대하고 위압적인 단풍은 아니다. 자기 자신을 인식하지 않고, 자기 자신을 주장하지 않는 겸손 그대로의 단풍이다. 아니, 겸손하다기보다는 아주 자기의 존재조차 무각무인하는 천의무봉, 해탈성불한 것 같은 단풍이다. 단풍 든 시절의 한국의 산은, 보고 있으면 동심으로 돌아가, 산꼭대기서부터 옆으로 누워 데굴데굴 굴러보고 싶은 그러한 산이다. 이것이 한국의 자연이다. 한국의 산에는 땅을 가르고 불을 내뿜는 그 무서운 화산도 없다. 또한 한국의 하늘에도 구름이 뜨지만 태풍을 휘몰아 오는 그런 암운은 없다. 여름에는 때때로 하늘을 덮고, 우렛소리로 사람을 놀라게 하지만, 추석이 되면, 동산에 떠오르는 중추 명월에 자리를 비켜 주는 그런 구름이다. 세상 또 어디에, 흰 구름 날아간 뒤의 맑은 한국 하늘의 어여쁨이 있을까! 이 맑은 하늘 밑, 부드러운 산수 속에, 그 동심 같은 한국의 백성이 살고 있는 것이다.

– 김원룡, 『한국의 미』

위 예문들은 각각 사람의 몸과 한국의 아름다운 자연에 대해 분석한 글이다. 〈예문 2〉에서는 사람의 몸을 구성하고 있는 세포와 그 세포를 구성하는 염색체들의 기능에 대해 분석하고 있으며, 〈예문 3〉에서는 한국의 아름다운 자연을 드러내는 요소들 중 산, 하늘을 꼽아 그것들의 다양한 형태와 의미를 분석하여 설명하고 있다.

다음 대상들 중 하나를 골라 분류의 방법으로 설명해 보세요.

친구의 유형, 대학생들의 아르바이트, 영화의 유형, 컴퓨터 게임

(4) 예시와 인용

추상적인 관념이나 난해한 대상에 대해 설명할 때는 보다 구체적인 예를 들거나 기존의 글, 주장, 자료들을 빌려와 서술하는 것이 독자의 이해력을 높이는 방법이 된다. 전자를 '예시'라고 하고 후자를 '인용'이라고 한다. 예시와 인용은 대상에 구체성과 객관성을 부여하여 전달하므로 보다 효과적인 설명 방법이라고 할 수 있다.

예시를 활용할 때는 지나치게 개인적인 경험이나 특수한 사례보다는 설명 대상에 대해 타당하고 보편적인 예를 드는 것이 좋다. 또 너무 장황하고 많은 예는 독자에게 혼란을 줄 수 있으므로 적절한 한 두 가지의 예를 드는 것이 오히려 효과적이다. 다른 이의 글이나 자료를 인용할 경우에는 반드시 그 출처를 밝혀야 한다. 이는 전체 글의 신뢰성에 관련된 일이며 명확한 출처가 밝혀지지 않은 인용은 자칫 표절 문제로 이어질 수도 있다.

순간적인 건망증은 우리 생활에 웃음을 주는 활력소가 된다. 주부가 손에 물 장갑을 끼고 장갑을 찾는다든가, 안경을 쓴 채 안경을 찾으러 이리저리 다니는 일 따위의 일이야 주변에서 흔히 목격할 수 있는 일이다. 영국의 명재상이면서 끽연가인 처칠이 파이프를 물고 파이프를 찾았다든가, 혹은 18세기 영국의 문명 비평가였던 사무엘 존슨이 자신의 결혼식 날을 잊고 그 시간에 서재에서 집필을 하고 있었다는 일화도 정말로 우리를 웃음 짓게 하는 유쾌한 건망증이다.

– 정규복, 「건망증」, 『동문선』, 단단북스

> 예문 1

살다 보면 되는 일도 있고 안 되는 일도 있다지만, 곰곰이 따져보면 안 되는 일이 더 많다. 슈퍼마켓에서 줄을 서면 꼭 다른 줄이 먼저 줄어들고, 중요한 미팅이 있는 날엔 옷에 커피를 쏟거나, 버스를 놓쳐 지각하기 일쑤다. 소풍날이면 어김없이 봄비가 내리고, 수능시험을 보는 날엔 한파가 몰아친다. "하필이면 그때……" 혹은 "일이 안 되려니까……" 같은 말을 우리는 얼마나 자주 사용하는가! 그럴 때마다 생각나는 법

> 예문 2

칙이 있으니 이름 하여 '머피의 법칙'. 수많은 구체적인 항목들로 이루어진 머피의 법
칙을 한마디로 요약하자면 '잘될 수도 있고 잘못될 수도 있는 일은 반드시 잘못된다'
는 것이다. 세상이 우리에게 얼마나 가혹한지 정리해놓은 이 법칙은 불행하게도 중요
한 순간엔 어김없이 들어맞는다.

– 정재승, 『정재승의 과학 콘서트』, 도서출판 어크로스

〈예문 1〉은 일상생활 속 건망증에 대한 여러 가지 일화를 예시의 방법으로 설명
하고 있다. 마찬가지로 〈예문 2〉에서는 우리가 흔히 '머피의 법칙'이라고 부르는,
'잘될 수도 있고 잘못될 수도 있는 일은 반드시 잘못된다.'는 가혹한 세상 이치를
다양한 예를 들어 제시해 준다. 이러한 예시의 설명 방법은 필자가 말하려는 주제
를 구체적으로 전달하므로 독자의 이해력을 높이는 방법이 된다.

아래의 〈예문 3〉은 심리학자인 코헛(Kohut)과 자이츠(Seitz)의 말을 인용하여, 부
모의 성격을 매개로 한 환경이 아동의 정신 발달에 어떠한 영향을 미치는지에 대해
서술하고 있다. 설명하는 글에 대한 신뢰성을 높이기 위해서는 전문가의 글이나 자
료를 인용하는 것이 좋으며 출처는 반드시 밝혀야 한다.

프로이트는 환경이 아동의 정신에 미치는 영향에 대해서는 거의 다루지 않았다. 그
러나 코헛(Kohut)과 자이츠(Seitz)는 환경이 발달하는 정신에 중요한 영향을 끼치는
것으로 보았으며, 특히 부모의 성격을 매개로 한 환경의 영향에 대해 강조하고 있다.
그들은 다음과 같이 말한다.

"아동에게 외상이 되는 좌절 경험과 최적의 좌절 경험의 차이는 강도의 차이이다.
이것은 어머니가 엄격하게 '절대 안 돼!'라고 말하는 것과 '안 돼'라고 말하는 것의 차
이를 말한다. 전자가 겁을 먹게 하는 금지라면 후자는 교육적 경험이다. 이것은 아버
지가 울화통을 터뜨리는 아이에게 똑같이 버럭 화를 내는 것과, 아이를 번쩍 안아들고
서 단호하되 공격적이지 않고, 사랑스럽게 그러나 유혹하지 않으면서 아이를 다독거

리는 것의 차이를 말한다. 이것은 아동이 절대 해서는 안 되고 또는 할 수 없는 것을 강조하여 타협할 수 없게 금지시키는 것과, 금지된 대상이나 활동을 대신할 만한 대체물을 제공하는 것과의 차이를 드러낸다."

　아이는 욕동을 억제하는 부모의 태도를 내면에 복제한다. 만약 부모의 태도가 아이에게 외상을 주지 않는다면, 아이는 자신의 욕동에 대해 공격성으로 반응하기보다는 애정이 깃든, 달래는 태도로 반응할 수 있다. 이같이 외상이 되지 않는 경험은 방어기제의 장벽 아래로 억압되지 않고 다른 정신 영역의 형성에 기여한다.

– 앨런 시걸 지음, 권명수 옮김, 『하인즈 코헛과 자기 심리학』, 한국심리치료연구소

다음 대상들 중 하나를 골라 예시의 방법으로 설명해 보세요.

A.I로 인한 문제점, 내 가슴을 뛰게 하는 것, 저출산 사회의 심각성

다음의 글감으로 설명문을 작성해 보세요. (단, 설명하기에 필요한 글쓰기 방법 중 2가지 이상을 사용할 것.)

- 내가 좋아하는 컴퓨터 게임 설명하기
- 나만의 요리법 설명하기
- 나의 취미생활 중 하나를 선택하여 설명하기

논증

1) 논증의 개념

논증이란 아직 명확하게 밝혀지지 않았거나 의견이 다를 수 있는 사항에 대하여, 자신의 견해를 내세워 독자에게 그 주장에 동조하도록 하는 글쓰기 방법을 말한다. '설명'이 정보전달에 목적이 있다면, 논증은 자신의 주장으로 상대방을 설득하는 데 목적이 있다고 할 수 있다. 예를 들어 '원자력'이라는 소재로 글을 쓰려고 할 때, 설명은 '원자력의 원리', '원자력 발전의 방법', '원자력 발전의 원자로 종류' 따위를 밝혀 주는 것이 목적이다. 하지만 이와 달리 논증에서는 그러한 설명에 그치지 않고, '원자력 발전의 안정성', '원자력 발전의 문제점' 등 자신의 주장이나 견해를 내세우고 이를 뒷받침할 근거를 바탕으로 독자들을 설득하는 것이 목적이 된다.

2) 논증의 과정

(1) 명제: 무엇인가를 주장하기 위해서는 어떤 판단을 서술형의 문장으로 나타내

는 것이 선행되어야 한다. 일반적으로 논증은 '참' 또는 '거짓'임을 확인할 수 있는 몇 개의 주장들, 즉 판단들로 이루어진다. 이처럼 '참' 또는 '거짓'임을 확인할 수 있는 판단을 서술문의 형식으로 나타낸 것을 '명제(proposition)'라고 한다. 따라서 논증이란 어떤 명제가 그 명제가 참이라는 것을 뒷받침해 주는 나머지 명제들로부터 이끌어진다고 할 때, 그 명제들의 집합, 또는 그렇게 이끌어지는 과정 자체를 의미한다고 할 수 있다.

(2) 논거: 자신의 주장을 증명하기 위해서는 논리적 근거가 필요하다. 주장을 뒷받침해 줄 타당한 근거를 논거라고 한다. 논증의 과정에서 논거는 대단히 중요한 의미를 지닌다. 아무리 그럴듯한 주장을 내세운다 하더라도 이를 뒷받침해 줄 수 있는 구체적 논거를 제시하지 못하면 설득력이 약해진다. 따라서 효과적인 논증을 위해서는 먼저 주장의 정당성을 뒷받침해 줄 수 있는 구체적인 논거들을 충분히 확보해 주어야 한다. 논거에는 사실논거와 소견논거가 있다. 소견논거는 의견논거라고도 한다.

① 사실논거: 사실적인 정보, 일반화된 지식이나 정보, 직접 체험한 사실, 역사적 사실, 조사결과, 통계수치 등을 말한다. 어떤 사안에 대한 통계자료는 대표적인 사실논거가 된다. 소견논거는 쟁점에 따라 찬성 혹은 반대로 나뉘지만, 사실 논거는 찬성이나 반대 모두 공통적으로 인정할 수밖에 없는 사실적인 정보, 수치 등을 의미한다. 신뢰성을 확보하는 데 중요한 근거가 되는 논거이다.

② 소견논거: 전문가의 의견, 그 방면의 권위자, 목격자 증언, 경험자의 의견 등을 말한다. 소견논거를 제시할 때는 그것이 타당한지, 또 다른 논거는 없는지 생각해 보아야 한다. 소견논거는 대체로 '왜냐하면~ 때문이다.'의 문장구성을 취한다. 이런 의견을 근거로 자신의 주장을 펴 나갈 수 있다.

(3) 추론: 논거를 주장과 연결시키는 과정을 추론이라고 한다. 논거가 충분히 확보되었다고 하더라도 이를 단순히 나열하는 것만으로는 효과적인 논증이 될 수 없다. 주장의 정당성을 입증하기 위해서는 논거를 조리 있게 제시함으로써, 독자에게

자연스럽게 동일한 결론에 이르도록 유도하여야 한다. 추론에는 연역법(deduction)과 귀납법(induction)이 있다. 이 밖에 유추(analogy)도 대표적인 논증 방법의 하나인데, 엄밀히 말해서 유추는 귀납법의 하나라고 할 수 있다.

① 연역법에 의한 전개

연역법은 일반적인 사실을 전제로 하여 새로운 사실을 이끌어 내는 추론방식이다. 이미 알고 있는 일반적 원리에서 특수한 원리를 이끌어 내는 방법이다. 두 개의 주어진 전제로부터 논리적으로 필연적인 원리에 따라 결론에 도달하는 방식이다. 고전적 삼단논법이라고도 한다.

모든 사람은 죽는다.　　　　〈대전제〉　모든 사람은 사랑 받기를 원한다.

소크라테스는 사람이다.　　〈소전제〉　철수는 사람이다.

그러므로 소크라테스는 죽는다. 〈결론〉　철수도 사랑 받기를 원한다.

② 귀납법에 의한 전개

귀납법은 개별사실로부터 일반적 사실의 결론을 이끌어 내는 방법이다. 충분한 수만큼의 사례가 검토되어야 한다. 검토된 사례는 그 부류 중에서 가장 전형적인 내용이어야 한다. 귀납법의 결론이 참임을 보장해 주지는 않지만, 전체에 포함되어 있지 않은 새로운 내용을 결론으로 이끌어 내어 우리의 지식을 확장시켜 준다는 점에서는 유용한 논증 방법이라고 할 수 있다. 실제로 귀납법이 사용되는 영역은 대단히 넓다. 경험과학에서 말하는 주장들은 대개 귀납법에 의한 것이며, 사회생활에서 일상적으로 가지는 믿음들은 (예를 들어, 맛집에 대한 정보 등) 대부분 귀납적 추론에 의해 형성된 것이다.

소크라테스는 죽는다.	〈전제 1〉	나폴레옹은 죽었다.
		아인슈타인은 죽었다.
		마이클 잭슨도 죽었다.
소크라테스는 사람이다.	〈전제 2〉	이들은 모두 사람이다.
그러므로 사람은 모두 죽는다.	〈결론〉	그러므로 사람은 모두 죽는다.

③ 유추

'유추'는 비교되는 대상이나 사례들이 여러 가지 점에서 비슷한 성질을 지니고 있음을 바탕으로 하여, 다른 어떤 성질에 있어서도 비슷할 것이라는 결론을 이끌어 내는 논증방법을 말한다. 예를 들어 X와 Y가 a, b, c라는 성질을 공유하고 있다고 할 때, Y도 d라는 성질을 가지고 있을 것이라고 주장하는 것이 유추이다.

유추에 의한 논증은 결론이 전제들로부터 필연적으로 도출되지 않는다. 따라서 전제가 모두 참이라고 하여도 결론이 거짓일 수 있다는 점에서 귀납법에 속한다. 그러나 유추에 의한 결론은 귀납법에 의한 결론보다 확률이 낮은 것이 보통이다. 이러한 약점에도 불구하고 유추는 광범위하게 사용된다. 흔히 '하나를 보면 열을 안다'고 말하는데, 이 역시 과장된 유추의 일종이라고 할 수 있다. 비슷한 예로, '순희는 예쁘다.', '순희 언니도 예쁘다.' '그러므로 순희 동생도 예쁠 것이다.'와 같은 내용도 유추에 의한 결론이다.

⑷ 오류의 몇 가지 사례

논증에서는 사유의 법칙에 맞지 않게 추론함으로써 그릇된 주장으로 결론을 맺게 되는 경우가 있을 수 있다. 첫째, '성급한 일반화의 오류'로서 몇 가지의 특수한 사실만을 참고하여 일반화시키는 오류이다. 귀납추론에서 주장하고 싶은 몇 가지 특수한 사례만을 선별적으로 전제하여 결론에 도달할 때 발생될 수 있는 오류이다. 둘째, '거짓 원인의 오류'로서 주어진 결과에 대한 원인이 아닌 것을 잘못 오인하는 경우이다. 그래서 결과가 도출되는 원인을 설명해 내지 못할 때 발생하는 오류이다. 셋째, '논점 회피의 오류'는 주어진 화제와 관련이 없는 여러 사실들을 논쟁함으로써 발생되는 오류이다. 주장과 관련이 없는 내용을 서술하거나 고의적으로 문제의 핵심에서 벗어난 내용을 언급함으로써 초점을 흐리는 경우를 말한다.

3) 논증의 요소

논증의 기본 요소는 주장, 이유, 근거, 전제이다. 주장은 자신이 내세우는 의견이나 판단을 말한다. 이유는 어떤 사실이 진리라고 할 수 있는 조건, 즉 주장을 뒷받침하는 진술이다. 근거는 이유를 뒷받침하는 객관적 사실이며, 전제는 이유와 주장을 이어주는 보편적 원칙을 말한다.

주장 → 자신이 옳다고 내세우는 의견이나 판단
이유 → 주장을 뒷받침하는 진술, 어떤 사실이 진리라고 할 수 있는 조건
근거 → 이유를 뒷받침하는 객관적 사실
전제 → 이유와 주장을 이어주는 보편적 원칙

기여입학제 위화감 조성

예문 1

최근 일부 사립대학에서는 기여입학제 허용을 정부에 건의하는 등 기여입학제 도입을 추진하고 있다. 알려진 바에 의하면 현재는 연세대 등 일부 사립대에서만 이 제도 도입을 추진하고 있지만 대부분의 사립대학들이 여기에 동조하고 나설 전망이다.

이에 대해 주무부서인 교육인적자원부는 난색을 표명하고 있지만 사립대학 측은 기여입학제 추진을 완강하게 밀어 붙일 것으로 보인다.

기여입학제는 50년대에 실시되었던 보결입학제와 유사한 제도로 상당한 돈을 학교에 기부하면 입학이 허용되는 제도다. 과거의 예를 보면 사립학교에서 실시했던 보결입학제가 학생 간의 위화감 조성, 성적차이의 심화 등 문제가 많았다. 비록 지금 거론하고 있는 기여입학제가 과거의 보결입학제와는 그 성격이 다르다고는 하지만 돈만 내면 입학할 수 있다는 점은 과거의 보결입학제와 다를 것이 없다.

기여입학제는 사립대학 측에서 보면 어려운 재정을 조달할 수 있다는 측면이 있지만 돈 있는 사람과 돈 없는 사람과의 위화감이 조성되는 등 국민 정서에도 맞지 않는다고 본다.

현재 대부분의 학부모들이 기여입학제 도입을 우려하고 있는 것도 돈 있는 사람과 그렇지 못한 사람과의 차별로 인한 위화감 조성이라는 점이다.

일부 사립대학들이 구조조정을 통해 효율적인 경영은 하지 않고 재정 확충이란 명분만을 내세워 기여입학제 도입을 추진하겠다는 것은 아전인수격이 아닐 수 없다. 따라서 정부는 기여입학제 도입을 절대로 허용해서는 안 될 것이다.

– 권우상, 「경남신문」, 독자투고, 2001. 6. 27.

4) 논증의 실제

위의 예시 글을 주장과 이유, 근거, 전제로 구분하였다. 논증의 요소를 갖추게 되면 글쓴이의 주장이 보다 명확하게 드러난다는 것을 알 수 있다. '주장'이란 상대방(독자)을 논리적으로 설득하는 과정이다.

주장 → 사립대학의 기여 입학제, 허용해서는 안 된다.
이유 → 학생 간의 위화감 조성, 성적 차이의 심화 등 많은 문제가 발생될 것이다.
근거 → 과거의 보결입학제가 기여 입학제도와 비슷한 사례이다.
전제 → 대학은 모든 학생들이 평등한 조건에서 공부하는 학문의 장소가 되어야 한다.

안락사, 생명경시의 다른 표현

'안락사'란 편안한 죽음을 뜻하는 말로 불치의 병으로 소생 불가능의 상태에 접어든 환자들의 고통을 덜어 주기 위해 본인 혹은 가족 그리고 책임 있는 사람의 요구에 의해 생명을 단축시키는 행위를 말한다.

최근, 웰 다잉(Well dying)이라는 생각과 맞물려 안락사 허용에 대한 찬성의견이 일반화 되는 경향을 볼 수 있다. 또 얼마 전 개봉된 영화에서도 주인공이 결국 안락사를 선택하는 것으로 '안락사'가 미화되는 것을 볼 수 있었다. 하지만, 인간의 생명을 인위적으로 정지시킨다는 윤리적 문제는 피할 수 없기 때문에 안락사는 허용되어서는 안된다고 본다.

우선, 가장 큰 문제로 안락사 결정에 대한 오남용의 문제이다. 환자의 경우 오랜 시간 식물인간의 상태로 장기 투병 중일 때, 의사는 회복 가능성이 없다고 보고 안락사를 결정하게 되는 데, 이렇게 가망이 없다고 하는 경우에도 기적적으로 치료가 되는 사례가 아주 없는 것은 아니기 때문에 안락사 결정은 섣부른 판단이 될 수도 있다. 그리고 아주 특수한 경우로 가족 간의 불화나 재산 문제 등으로 인해 주변 사람들의 안락사 요청 등 남용될 소지가 있기 때문에 섣불리 허용되어서는 안 된다.

다음으로 가장 기본적인 생명권 보호라는 헌법적 가치에 위배되기 때문이다. 안락사는 인간 존엄의 가치, 생명권 보호라는 기본적인 헌법가치와 충돌한다. 굳이 이러한 헌법규정이 아니더라도, 생명은 하늘로부터 부여받았기 때문에 인간의 생존과 존재목적은 자연법적 권리로 보장되어야 할 기본권이다.

그리고 안락사에는 적극적(active), 소극적(passive) 안락사라 나누어지는데, '적극적' 방법은 약물 등을 투입하는 방법이고, '소극적' 방법은 산소호흡기 등을 제거하는 방법을 말한다. 환자의 요청이 있었거나 혹은 가족, 그 외 책임을 질 수 있는 친지의 동의가 있었다고 할지라도 '적극적'이거나 '소극적'인 행위는 결국 의사가 맡게 될 수밖에 없다. 의사가 안락사를 시행하는 것은 의사의 의무를 저버리는 것이다. '히포크라테스 선서'에서도 선언했듯이 의사의 의무는 환자들을 끝까지 치료하는 것이지 죽이는 것이 아니기 때문이다. 안락사가 합법화되면 의사는 환자(혹은 가족)에게 안락사가 최고의 선택이라고 조언해야하는 윤리적 문제가 새로 발생될 수도 있을 것이다.

안락사가 허용된다면 생각하지도 못했던 새로운 범죄와 문제 등 위험한 일이 아무도 모르게 발생될 수도 있을 것이라는 생각은 단순한 상상이 아니다. 그런 점에서 안락사는 보다 신중하게 접근해야 하고, 섣불리 허용되면 많은 문제를 야기시킬 수 있는 위험한 문제이다.

– 학생 글

위의 글을 다음의 요건에 맞추어 작성해 보세요.

주장	
이유	
근거	
전제	

'엔트로피'는 '사용할 수 있는 에너지가 얼마나 쓸모없는 에너지로 변했는가의 척도'라고 할 수도 있고, '마구잡이의 척도', 또는 '무질서의 척도'라고 말할 수 있다.

도서관에서 목록별로 잘 정리된 책들은 도서관을 이용하는 사람들에게 매우 쉽고 편리하게 원하는 책을 찾게 해 준다. 그러나 정리가 잘 되지 않은 도서관에서 원하는 책을 찾으려면 훨씬 더 많은 시간과 에너지가 소모된다. 잘 정리된 것들은 유용하고 반대로 마구잡이로 흩어진 상태는 엔트로피가 증가된 상태이다.

잉크 한 방울을 물에 떨어뜨리면 얼마 후에는 물 전체에 잉크가 퍼지게 된다. 이것은 물속에 있는 잉크의 농도가 시간이 지남에 따라 묽어지는 것이 자연적인 현상임을 의미한다. 반대로 잉크물은 아무리 오랫동안 관찰해도 잉크 방울과 물로 저절로 분리되지 않는다. 물론 외부에서 에너지를 가하여 잉크물을 증류한다거나 걸러 내면 인공적으로 잉크와 물로 분리할 수는 있다. 단지 여기서 강조하는 것은 그렇게 하기 위해서는 많은 과외의 에너지가 필요하다는 말이다. 즉 자연적인 현상은 아니라는 뜻이다. 잉크와 물이 따로 분리된 상태는 엔트로피가 적은 상태이고, 잉크가 물에 완전히 섞여 있는 상태가 엔트로피가 큰 상태이다.

큰방 안에서 냄새나는 물질을 담은 용기의 뚜껑을 열면 그 냄새가 얼마 후에 방안 전체에 퍼지는 것(분산되는 것)은 매우 자연적이다. 그러나 빈 용기의 뚜껑을 열어 두고 아무리 오랫동안 기다려도 그 반대 현상-방안 냄새가 전부 그 용기 속으로 스스로 빨려 들어가는 것, 즉 농축-은 일어나지 않는다는 사실도 누구나 인정한다.

초등학교 운동장에서 조회 시간이나 체조 시간에 학생들을 학년별, 반별로 나누고 또 같은 반에서는 키가 큰 순서대로 정돈하여 질서 있는 대열을 이룬다. 선생님들이 지켜보고 있지 않거나 학생들이 노력을 기울이지 않으면 시간이 지나면 언젠가는 대열이 비뚤어지고 모든 학생들이 마구잡이로 섞이게 된다. 이들을 다시 정렬시키려면 학생, 선생 모두의 노력(일, 에너지)이 필요하다. 마구잡이로 섞이는 것은 자연적이고 또 엔트로피가 증가되는 현상이며, 분리해서 정돈하는 것은 자연적이고 아니고 엔트로피가 감소하는 현상이며 그렇게 하기 위해서는 많은 에너지가 필요하다.

위의 예들로부터 모든 자연적인(또는 자발적인) 과정들은 시간이 지남에 따라 정돈된 상태에서 무질서의 상태로, 농축된 상태에서 분산된 상태로 변하는 방향임을 알 수 있었을 것이다. '엔트로피'의 쉬운 정의는 바로 이런 '무질서의 정돈' 또는 '분산의 정도'라고 할 수 있다. 마구잡이로 섞여 있는 것들을 분리한다거나 흐트러진 방이 정돈되는 것은 그 자체로는 국소적으로 엔트로피가 감소되는 현상이지만, 그렇게 하기 위해서는 외부에서 일(즉 에너지)을 해 주어야 하며, 따라서 외부의 엔트로피를 증가시킨다. 국소(내부적)적인 엔트로피는 감소할지라도 전체(내부+외부)적으로는 엔트로피가 증가하게 되는 것이다.

– 주광열, 『과학과 환경』

1. 위의 글은 먼저 '엔트로피'의 개념을 설명하고 '엔트로피 증가'에 대해 여러 분야에서 관찰하고 있다. 어떤 추론의 방법으로 주장을 전개하고 있는지 써 보세요.

2. 다음에 주어진 주제로 글을 쓴다고 할 때, 주장의 논거를 제시해 보세요.

컴퓨터 게임은 나라에서 권장해야 한다.

논거 1):

2):

3):

흉악 범죄자의 신원을 공개해야 한다.

논거 1):

2):

3):

3. 다음의 화제에 대해 찬성, 반대의 입장을 정하고 주장하는 글을 써 보세요.

1) 한글전용

2) 원자력 발전소 건립

3) 여성병력 의무제

4) 안락사

'청소년들의 전자오락 중독'을 주제로 쓰고자 하니, 문제점 – 원인분석 – 해결방안 – 제시의 순서로 주장하는 글을 써 보세요.

묘사와
서사

1) 묘사

(1) 묘사의 개념

어떤 사물이나 대상을 설명할 때 가장 효과적인 방법은 시각적인 자료, 즉 사진이나 그림을 보여 주는 것이다. 그것의 선과 색, 명암을 시각적으로 재현했을 때 독자는 즉각적이고 효과적으로 그 대상을 인식할 수 있다. 이같이 마치 눈에 보이는 것처럼 그림을 그리듯이 사물을 글로 표현한 것이 묘사문이다.

(2) 묘사의 종류

묘사문에서 가장 중요한 것은 필자가 설명하려는 대상의 모습을 얼마나 잘 그리고 있는가 하는 것이다. 물론 대상의 실제 모습과 묘사된 대상의 모습이 일치하는 것은 아니다. 같은 대상이라 할지라도 필자의 의도나 목적에 따라 서로 다른 모습으로 묘사될 수 있다. 대상의 모습 그대로를 정확하고 객관적으로 묘사할 수도 있을 것이고, 주관적 느낌이나 지배적인 인상을 부각하여 묘사할 수도 있을 것이다. 전자를 '객관적 묘사'(또는 사실적 묘사)라 하고 후자를 '주관적 묘사'(또는 인상적 묘사)라 한다. 객관적 묘사의 주된 목적은 설명하고자 하는 대상에 대한 사실적이고 정확한 정보 전달에 있다. 이에 반해 주관적 묘사는 그것에 대한 필자의 느낌과 해석의 전달이 중요하다. 대상을 생동감 있게 그려 내어 독자에게 즐거운 상상력을 불러일으키는 것이다. 따라서 주관적 묘사는 문학적인 글에서 주로 사용된다.

예문 1

춘희는 황토색 먼지로 더께가 진 마루로 올라섰다. 부서진 마루 틈새로 강아지풀이 삐죽 고개를 내밀고 있었다. 경첩이 떨어져 나간 방문을 열어젖히자 어둑한 방 안에선 퀴퀴한 곰팡내가 밀려나왔다. 들짐승의 배설물 냄새와 단백질이 썩는 듯한 역한 냄새로 섞여 있었다. 곧 어둠에 눈이 익숙해지고 방 안의 풍경이 눈에 들어왔다. 부서진 옷장 옆으로 흙먼지를 뒤집어쓴 옷가지들과 함께 말라붙은 쥐의 시체가 나뒹굴고 있었다. 벽 이곳 저곳에는 검은 곰팡이가 피고 방 한가운데엔 천장에서 찢어져 내린 벽지가 귀살스럽게 매달려 있었다. 천장과 벽이 온통 시커멓게 그을려 있는 부엌의 풍경은 더욱 처참했다. 시렁과 부뚜막은 무너져 내리고 바닥에는 썩은 물이 고여 있었다. 부뚜막 위에 걸려 있던 가마솥도 어디론가 사라지고 보이지 않았다. 아궁이가 있던 자리 위엔 찌그러진 양은냄비가 타다 만 장작과 함께 섞여 있었다. 어디선가 매캐한 연기 냄새와 구수한 밥냄새가 나는 듯한 착각에 그녀는 잠시 코를 벌름거렸다. 하지만 곧 싸늘한 곰팡내만이 그녀의 코끝을 맴돌 뿐, 부엌 어디에서도 온기는 느껴지지 않았다.

– 천명관, 『고래』

〈예문 1〉은 폐허로 변해 버린 낡고 오래된 집을 객관적 묘사의 방법으로 설명하고 있다. 화자의 시선은 마루에서 방으로, 다시 부엌으로 옮겨 가며 곰팡이가 피고 썩은 물이 고여 있는, 집 안의 풍경을 그려 낸다. 더께가 진 마루, 경첩이 떨어져 나간 방문, 퀴퀴한 곰팡내, 흙먼지를 뒤집어쓴 옷가지, 말라붙은 쥐의 시체, 찢겨져 내린 벽지, 찌그러진 양은냄비 등 사실적 표현들이 어우러져 독자에게 마치 그 집을 직접 보는 듯한 인상을 갖게 한다.

티끌 없이 해맑은 바탕에 우뚝 날이 선 코가 우선 눈에 띄인다. 갸름한 하장이 아래로 좁아 내려가다가 두 볼에서 급하다 할 만치 빨랐다. 눈은 둥근 눈이지만 눈초리가 째지다가 남은 게 있어 길어 보이고, 거기에 무엇인지 비밀이 잠긴 것 같다. 윤곽과 바탕이 이러니 자연 선도 가늘어서 들국화답게 초초하다. 그래서 보는 사람으로 하여금 웬일인지 위태위태하여 부지중 안타까운 마음이 나게 한다. 이와 같이 말하자면 청승스런 얼굴이나, 그런 흠을 가려 주는 것이 그의 입과 턱이다. 조고맣게 그려진 입은 오긋하니 둥근 주걱턱과 어울려 여느 때도 이쁘거니와, 해죽이 웃을 때면 아담스런 교태가 아낌없이 드러난다. (-초봉이 외양묘사)

광대뼈가 툭 불거지고 홀쭉 빠진 볼은 배가 불러도 시장만 해 보인다. 기름기 없는 얼굴에는 오월의 맑은 날에도 그늘이 졌다. 분명찮은 눈을 노상 두고 깜짝깜짝거린다. 그것이 더 꼴이 궁상스럽다. 못생긴 노랑수염이 몇 날 안 되게 시늉만 자랐다. 그거나마 정주사는 버릇으로 자주 쓰다듬는다. (-정주사 외양묘사)

후리후리한 몸에 차악 맞는 양복을 입고, 갸름한 얼굴이 해맑고, 코가 준수하고, 윗입술을 간드러지게 벌려 방긋 웃고, 그래서 섬뻑 고임성 있이 생기기는 생겼어도, 눈이 오긋한 매눈에 눈자가 몹시 표독스러워 보이는…… (-고태수 외양묘사)

- 채만식, 『탁류』

〈예문 2〉는 소설 속 인물들을 주관적 묘사의 방법으로 설명하고 있다. 특히 인물들의 외양묘사가 두드러지는데, 단순히 눈에 보이는 모습만 표현하는 것이 아니라 그 인물에 대한 작가의 주관적 느낌과 인상까지도 함께 드러내고 있다. "눈은 둥근 눈이지만 눈초리가 째지다가 남은 게 있어 길어 보이고, 거기에 무엇인지 비밀이 잠긴 것 같다."거나 "눈이 오긋한 매눈에 눈자가 몹시 표독스러워 보이는"과 같은 묘사는 독자에게 눈에 보이는 것 이상의 즐거운 상상을 할 수 있게 만든다.

1. 다음 대상들 중 하나를 골라 객관적 묘사 또는 주관적 묘사의 방법으로 설명해 보세요.

> 내가 사용하는 볼펜, 행복했던 순간의 느낌, 내가 좋아하는 장소

2. 다음에 제시된 작품은 레오나르도 다빈치의 모나리자로, 이 작품을 감상한 뒤 인상 깊은 부분이나 느낌을 중심으로 주관적 묘사문을 작성해 보세요.

2) 서사

(1) 서사의 개념

서사란 시간의 흐름에 따라 인물의 행동이나 사건을 이야기 하듯이 서술하는 글쓰기 방법을 말한다. 즉 서사는 어떤 사건에 대하여 그 전개 과정이나 인물의 움직임을 생생하게 서술함으로써 독자에게 그 사건의 전개과정을 떠올릴 수 있도록 하고, 경우에 따라서는 필자가 의도하는 감정까지 느끼도록 하는 표현 방법이다.

그래서 '어떤 사건이 일어났느냐?', '누가 무슨 일을 했느냐?' 등의 내용 전개가 서사문이 된다. 서사문은 사건을 시간 순서 또는 인과관계에 따라 서술하는 방식이기 때문에 육하 원칙에 의거하여 서술하기도 한다.

서사문은 문학적인 서사문과 비문학적 서사문으로 구분하기도 한다. 문학적인 서사문은 소설을 비롯해 희곡, 영화 시나리오, 드라마 대본 등을 대표적으로 꼽을 수 있고, 비문학적인 서사문으로는 신문 기사, 역사서술, 보고서 등을 들 수 있다.

(2) 서사의 요소

서사문은 인물과 인물이 처해 있는 배경, 그리고 인물의 행동을 시간의 흐름에 따라 서술하는 방식이다. 따라서 서사문의 요소는 인물, 행동, 배경으로 나뉜다.

① 인물

인물은 이야기를 이끌어 가는 핵심적인 역할을 담당한다. 그래서 인물의 말투, 행동 방식, 표정 등의 특성으로 등장인물의 성격을 보여 주어야 한다. 인물의 구체적인 행동 결과는 사건을 만들어 낸다.

(…)익호라는 인물의 고향이 어디인지는 ××촌의 아무도 아는 사람이 없었다. 사투리로 보아서 경기 사투리인 듯하지만 빠른 말로 죄죄거리는 때에는 영남 사투리가 보일 때도 있고 싸움이라도 할 때에는 서북 사투리가 보일 때도 있었다. 그런지라 사투리로 그의 고향을 짐작할 수가 없었다. 쉬운 일본말도 알고 한문 글자도 아는 점 등

등 이곳저곳 숱하게 주워 먹은 것은 짐작이 가지만 그의 경력을 똑똑히 아는 사람은 없었다. 그는 여기 ××촌에 가기 일 년 전쯤 빈손으로 이웃이라도 오듯 후덕덕 ××촌에 나타났다 한다. 생김생김으로 보아서는 얼굴이 쥐와 같고 날카로운 이빨이 있으며 눈에는 교활함과 독한 기운이 늘 나타나 있으며, 발룩한 코에는 코털이 밖으로 까지 보이도록 길게 났고, 몸집은 적으나 민첩하게 되었고, 나이는 스물다섯에서 사십까지 임의로 볼 수 있으며, 그 몸이나 얼굴 생김이 어디로 보든지 남에게 미움을 사고 근접지 못할 놈이라는 느낌을 갖게 한다. (…생략…)

– 김동인, 『붉은 산』

위의 글에서 독자는 주인공의 생김새와 말투, 출신지 등으로 인물의 성격을 짐작할 수 있다. 인물들 간의 성격 차이는 갈등 유발의 요소가 되기도 한다. 그런 점에서 서사문에서 인물의 성격은 서사문 전개의 방향을 제시하기도 한다.

② 행동

인물의 행동은 서사를 다른 유형의 글과 구별해 주는 중요한 요소이다. 서사문에서는 인물의 행동 자체, 인물의 행동 과정을 독자의 눈앞에 제시해 준다. 즉 행동은 서사 전개의 동인(動因)이 된다. 행동이 유기적으로 연계되어 하나의 이야기를 형성하는 것이다.

(…)나는 비슬비슬 일어나며 소맷자락으로 눈을 가리고는 얼김에 엉 하고 울음을 놓았다. 그러다가 점순이가 앞으로 다가와서,

"그럼 너 이 담부텀 안 그럴테냐?"

하고 물을 때에야 비로소 살길을 찾은 듯 싶었다. 나는 눈물을 우선 씻고 뭘 안그러는지 명색도 모르건만,

"그래!"

하고 무턱대고 대답하였다.

"요 담부터 또 그래봐라. 내 자꾸 못살게 굴테니."

"그래 그래. 인젠 안 그럴테야."

"닭 죽은 건 염려 마라. 내 안 이를테니."

그리고 뭣에 떠다밀렸는지 나의 어깨를 짚은 채 그대로 퍽 쓰러진다. 그 바람에 나의 몸뚱이도 겹쳐서 쓰러지며 한창 피어 퍼드러진 노란 동백꽃 속으로 폭 파묻혀 버렸다.

알싸한 그리고 향긋한 그 냄새에 나는 땅이 꺼지는 듯이 온 정신이 고만 아찔하였다. (…생략…)

– 김유정, 『동백꽃』

위의 글은 김유정의 소설 「동백꽃」에서 늘상 다투기만 하던 '나'와 '점순이'가 극적으로 화해하는 장면이다. '나'와 '점순이'가 화해하는 모습을 그들의 '행동'에서 읽을 수 있다. 인물의 행동은 이야기의 방향을 짐작하게 해 준다.

③ 배경

배경은 사건이 일어나는 공간, 즉 환경을 말한다. 인물의 행동과 사건이 교차되어 나타날 수 있는 공간이다. 배경은 일정한 분위기를 조성하며, 인물과 사건에 신빙성을 더 해준다. 그리고 주제를 강조하기도 한다.

여름장이란 애시당초 글러서, 해는 아직 중천에 있건만 장판은 벌써 쓸쓸하고 더운 햇발이 벌여놓은 전 휘장 밑으로 등줄기를 훅훅 볶는다. 마을 사람들은 거지반 돌아간 뒤요, 팔리지 못한 나무꾼 패가 길거리에 궁싯거리고들 있으나 석유병이나 받고 고깃마리나 사면 족할 이축들을 바라고 언제까지든지 버티고 있을 법은 없다. 춤춤스럽게 날아드는 파리떼도 장난꾼 각다귀도 귀치않다. (…중략…)

이지러는 졌으나 보름을 갓 지난 달은 부드러운 빛을 흐뭇이 흘리고 있다. 대화까지 는 팔십리의 밤길, 고개를 둘이나 넘고 개울을 하나 건너고 벌판과 산길을 걸어야 된 다. 길은 지금 긴 산허리에 걸려 있다. (…생략…)

– 이효석, 『메밀꽃 필 무렵』

위의 글은 이야기의 배경이 어디인지를 잘 보여 주고 있다. 인용글은 소설의 서 두 부분으로 허생원과 조선달이 '봉평장'에서 짐을 거두는 장면이다. 이들이 지금 처해 있는 장소는 '봉평 장터'이다. '파리떼가 날아들고 나무를 다 팔지 못한' 나무 꾼들이 몇몇 남아 있다. 이제 '팔십 리 밤길을 걸어서 대화 장'으로 가려고 한다. 이 처럼 배경은 이야기에 신빙성과 사실성을 더해 주는 기능을 한다.

(3) 서사의 유형

① 과정적 서사

과정적 서사는 시간 순서에 의해 내용의 변화를 단계별로 서술하는 방법을 말한 다. 이 글에는 시간의 경과에 따라 자전거를 몰래 타는 사람이 '봉근이'에서 '젊은 여자'로 밝혀지는 과정이 나타나 있다.

자전거에 도둑이 생겼다. 정확히 표현하자면 나 몰래 훔쳐 타는 얌체족이었다. 내 골반뼈 높이에 맞춰 놓은 자전거 안장이 엉덩이 밑선으로 밀려가 있었고 바퀴 틈새에 는 방금 묻어난 것 같은 황톳물이 군데군데 배어 있곤 하는 게 바로 그 증거였다.

누군지 몰라도 현관문 밖의 도시가스 연결 파이프에 쇠줄로 붙들어 매 놓은 자전거 의자물쇠를 풀고 몰고 다닌 다음 내가 퇴근해 돌아오기 전까지 얌전히 제자리에 갖도 놓곤 하는 모양이었다. 신문사 일이라는 게 저녁 늦게 끝나기가 일쑤인데다 퇴근 후 술자리를 워낙 좋아하는 나로서는 낮에 무슨 일이 일어나는지 알 도리가 없었다.

가만히 생각해 보니 자전거를 산 지 얼마 되지 않아 자전거를 고정시킬 쇠줄의 열쇠 하나를 잃어버렸다. 하지만 살 때부터 열쇠를 세 개씩이나 받아 뒀기에 이내 그 사실을 잊어버리고 지냈다.

나는 내 자전거를 훔쳐 타는 범인으로 일찌감치 이웃집 아이인 봉근이를 찍고 있었다. 맞벌이 부부인 그 집 부모는 하루 종일 집을 비우기 일쑤였다. 봉근이 아버지는 공치는 날이 더 많은 도배공이었고 엄마는 봉제공이었다. 둘이서 벌어들이는 수입이 여간 쏠쏠치 않을 텐데 어찌나 무섭게들 움켜쥐는지 외아들인 봉근이가 그토록 졸라대는 눈치건만 헌 자전거 한 대 마련해 주질 않았다. 자존심까지 구겨 가며 다른 또래 아이들 자전거를 빌려 타거나 자기보다 힘이 약한 아이 같으면 종주먹을 들이대는 시늉을 해 뺏아 타는 그 애의 모습을 몇 번 본적이 있었다.

새 도시에서는 자전거가 몹시 요긴했다. 곳곳에 자전거 전용 도로가 잘 닦여 있어 운동 기구로도 쓰임새가 좋을뿐더러, 은행이나 할인 판매점 같은 편의 시설들이 걷기도 차를 타기도 어정쩡해 자전거가 없으면 허드레 다리품을 팔 일이 잦은 곳이 바로 새 도시였다. (…중략…)

자전거를 건드리는 손은 봉근이가 아니었다. 어느 날 몸이 아파 신문사에 조퇴 보고를 하고 돌아온 날 그 의문은 우연찮게 풀렸다. 약방까지 자전거를 타고 갈까 싶었는데 이미 누군가 쇠줄을 풀고 한 발 앞서 자전거를 끌고 나가버린 거였다. 나는 경의선과 나란히 뻗은 자전거 전용 도로 쪽을 나가보았다.

텔레비전 광고에 나오는 모델의 방금 샴푸한 것처럼 하늘하늘한 머리채와 몸에 착달라붙는 하얀 옷자락을 휘날리며 유유자적하게 자전거를 모는 사람이 눈에 띄었다. 누굴까? 나는 먼 거리에서도 그 자전거가 새로 장만한 내 자전거임을 알 수 있었다. 내 자전거 위에 허락도 없이 올라탄 사람은 뜻밖에도 젊은 여자였다. 까만 타이즈 바지 차림에 흰 남방셔츠를 입고 있어 늘씬한 몸매가 훤히 드러났다. 자전거 페달을 밟는 엉덩이와 허벅지의 굴곡에 탄력이 붙어 보였다. 멀찍이 서긴 했지만 난 내 앞을 바람처럼 스쳐 지나가는 그 아가씨의 얼굴이 낯설지 않다는 생각이 들었다. (…생략…)

– 김소진, 『자전거 도둑』

② 인과적 서사

인과적 서사는 특정한 결과를 가져오게 된 이유와 원인에 초점을 두고 서술하는 방법이다. 다음의 글은 시온주의(Zionism)가 탄생하게 된 원인이 정치와 종교였음을 역사적으로 밝히고 있다. 이처럼 인과관계에 근거한 서사 글을 인과적 서사라고 한다.

예문 2

유태인들은 자기들이 돌아갈 수 있는 민족향토(民族鄕土)를 간곡히 염원했다. 그러한 염원이 1882년「비루 선언」으로 승화되었으며, 그것은 '테오도르 헤르젤'의 유태 국가에 구심화(求心化) 되면서 이른바 시온주의가 탄생되었다.

시오니즘은 세계에 산재해 있던 유태인들에게 매력적으로 받아들여졌다. 그러나 시오니즘은 1천 3백여 년간 이곳에 정착해 살고 있는 팔레스타인 인(人)들의 존재를 무시한 채 2천 년 전의 역사적 연고권을 주장하면서 팔레스타인 위에 그들의 민족적 향토(鄕土)를 건설하려던 발상이었기 때문에 이른바 '팔레스타인 분쟁'의 원인적 배경이 된 것이다.

더욱이 제1차 세계 대전 중 '팔레스타인 문제'를 둘러싸고 노쇠해 가던 대영제국(大英帝國)이 꾸민 삼중외교(三重外交)가 이를 부채질 했다.

예컨대 영국의 전시외교(戰時外交)는 '죄(罪)를 나누어 연합하고 이익을 다투어 분열'하는 국제 정치의 본질을 그대로 드러냈던 것이다. 영국의「맥마흔 서한(書翰)」에서 아랍인들의 대(對) 터기 참전 대가로 아랍지역에서 아랍독립을 보장했고, 동시에 유태인들에게는「발포 선언」을 통해 팔레스타인 영토에 유태 민족의 국가 건설을 약속했던 것이다.

그 뿐만 아니라 '사이크스 피코' 비밀협정을 맺어 아랍영토 분할에 영(英) 불(佛) 양국은 합의했다. 요컨대 하나의 파이를 놓고 상호 모순되는 약속을 남발한 것이다. 결국 아랍에 거주하던「팔레스타인」은 그 약속이 지켜지지 않음으로써 이른바 삼중외교(三重外交)의 희생을 치러야 했으며 이런 점에서 중동(中東) 분쟁의 원천적 비극은 영국의 간교한 전시외교에 기인되는 것이다.

팔레스타인이 영국의 위임통치하에 들어옴으로써「발포 선언」에서 약속된 '유대민

족국가건설'이 착실하게 진행되어 유대인의 유입(流入)은 적극적으로 이루어졌다. 이것은 '팔레스타인' 인(人)과 유대인과의 대립을 드러냈으며 특히 나치 치하(治下)의 유대인 학살 사건은 유대인의 대량 이주에 박차를 가했고, 이것은 팔레스타인과 유대인의 대립을 심화시켰다.

1948년 이스라엘 독립 시 팔레스타인 거주 인구는 1백 80만 명으로, 팔레스타인이 1백 20만 명에 이스라엘인이 60만 명이었다. 이스라엘 국가 탄생 후 이스라엘은 미국의 도움으로 이 지역의 강력한 군사국가로 등장했으며 제1차 중동전과 제3차 중동전에서는 그들은 영토적 팽창을 수반했고 특히 제3차 중동전인 6일 전쟁에서는 팔레스타인 전 지역은 물론 시리아의 골란 지역 일부를 점령했으며 1981년 12월에는 그것을 이스라엘에 병합했다. (…중략…) 결국 유태인과 아랍인은 다 같은 아브라함의 후손이다. 그러기에 아브라함의 묘가 있는 '마쿠베라'의 동굴이 금요일은 아랍인의 모스크가 되며 토요일은 유태인의 시나고그가 되면서 같은 조상을 숭배하고 있지 않은가.

요컨대 탱크 총 그리고 폭탄이 결코 문제를 해결하는 것이 아니라 서로의 이해 위에 중동 평화가 추구되지 않는 한 중동 분쟁은 더욱 미궁 속으로 빠져들게 될 것이라는 게 현시점의 전망이다.

– 河璟根, "중동 분쟁 어제, 오늘, 내일", 「동아일보」, 1982. 7. 5.

1. 다음 백석 시를 인물 중심의 서사문으로 구성해 보세요.

나와 나타샤와 흰 당나귀

가난한 내가
아름다운 나타샤를 사랑해서
오늘밤은 푹푹 눈이 나린다

나타샤를 사랑은 하고
눈은 푹푹 날리고
나는 혼자 쓸쓸히 앉아 소주를 마신다
소주를 마시며 생각한다
나타샤와 나는
눈이 푹푹 쌓이는 밤 흰 당나귀를 타고
산골로 가자 출출이 우는 깊은 산골로 가 마가리에 살자

눈은 푹푹 나리고
나는 나타샤를 생각하고
나타샤가 아니 올 리 없다
언제 벌써 내 속에 고조곤히 와 이야기한다
산골로 가는 것은 세상한테 지는 것이 아니다
세상 같은 건 더러워서 버리는 것이다

눈은 푹푹 나리고
아름다운 나타샤는 나를 사랑하고
어데서 흰 당나귀도 오늘밤이 좋아서 응앙응앙 울을 것이다

– 백석

2. 다음의 신문기사를 참고하여, 최근에 겪은 사건을 육하원칙에 맞추어 기사문 형식으로 구성해 보세요.

이세돌, 커제 꺾었다 '바둑대국'서 1집 반 승

이세돌 9단이 '홈' 제주도에서 '숙적' 커제 9단에 통쾌한 승리를 거뒀다.

이세돌 9단은 13일 제주도 해비치호텔 로비에서 열린 '2018 해비치 이세돌 대 커제 바둑대국'에서 커제 9단에게 293수 만에 흑 1집 반 승을 거뒀다. 완벽한 설욕이었다.

이번 대국은 이세돌 9단과 커제 9단의 14번째 맞대결이다. 두 기사는 2016년 11월 삼성화재배 준결승 이후 14개월 만에 다시 격돌했다. 이전까지 이세돌 9단은 커제 9단에게 상대전적 3승 10패로 크게 밀렸다.

그만큼 설욕을 다짐하며 임한 무대였다. 제주도는 이세돌 9단이 가족과 함께 머무는 삶의 터전이기에 더욱 남달랐다.

개막식에서도 "커제에게 빚이 많다. 그 빚을 조금이나마 갚았으면 좋겠다"고 말했던 이세돌 9단은 이날 대국에서 귀중한 1승을 추가했다.

이세돌 9단은 지난 10일 중국에서 펼쳐진 동준약업배 세계바둑명인전에서 중국의 렌샤오 9단, 일본의 이야마 유타 9단 등 중·일 명인을 제치고 우승을 차지한 바 있다.

– 변현철 기자, 「부산일보」, 2018. 1. 15. (20면)

3. 다음 아이돌 그룹의 사진을 보고 신문기사 형식으로 글을 구성해 보세요.

버스가 나주를 지날 때 나는 혼곤한 피로에 싸여 지금껏 내가 살아오면서 겪었던 죽음의 일들을 떠올리고 있었다. 아홉 살 땐가 열 살 때 물에 빠져 죽을 뻔한 적이 있었다. 비가 온 다음날 친구들과 함께 조개를 잡으러 가서였다. 친구들과 나는 뙤약볕이 내리쬐는 철길을 따라 반나절이나 걸어 큰 강에 도착했다. 민물과 바닷물이 겹치는 그곳엔 손바닥만한 대합이 참 많았다. 나는 손끝이 수면에 걸릴 정도의 깊이까지만 잠수해 들어가 바닥에 있는 조개를 잡고 있었다. 하지만 그날따라 옆구리께로 떠내려가는 물살의 힘은 엄청나게 셌다. 한순간 몸이 가로로 떠서 비틀리며 나는 이내 거센 물살에 휘감기고 말았다. 아무리 허우적대도 중심을 되찾을 방법은 없었다. 그리고 뼈마디의 힘이 다 빠져 나갔을 때 나는 물 속에서 번쩍 눈을 뜨고 마지막 생사의 싸움을 지켜보았다. 삶과 죽음이 벌거벗은 남녀처럼 엎치락뒤치락하는 가운데 마침내 날숨이 코까지 올라왔고 이어 실크 커튼처럼 점점 보랏빛으로 변해 갔다. 그리고 보랏빛이 흰빛으로 바뀔 즈음 나는 의식을 잃고 말았다.

깨어 보니 나는 들꽃이 무리지어 있는 강둑에 누워 있었다. 처음엔 그곳이 어느 세상인지 알지 못했다. 시간이 좀 더 지나 나는 그때까지도 조개를 쥐고 있는 손에서 매운 피가 줄줄 흘러 내리고 있는 것을 보고 나서야 겨우 내가 살아 있음을 깨달았다. 내 옆에는 거적때기를 쓴 친구 하나가 더 누워 있었다. 그는 나를 구하기 위해 강에 뛰어들었다가 대신 변을 당한 것이었다. 나는 부들부들 떨면서 죽은 친구를 보기 위해 거적때기를 들어 올렸다. 그리고 나는 그의 얼굴에서 아까 물속에서 보았던 예의 푸른빛과 보랏빛을 똑똑히 보고 있었다. 한데 그 흰빛의 광경은 그새 어디로 갔는지 보이지 않았다.

– 윤대녕, 『천지간』

1. 위의 예문을 다음의 조건에 맞추어 나누어 보세요.

　　1) 인물:

　　2) 행동(사건):

　　3) 배경:

2. 서사와 묘사의 글쓰기 기법을 활용하여 가장 잊을 수 없는 사건을 서사글로 써
　보세요.

제6장

실용 글쓰기

보고서

대학생이 쓰는 학술적 글쓰기로 보고서가 있다. 보고서는 담당 교수가 학기 도중에 시공간의 제약으로 수업 시간에 다루지 못한 지식이나 정보를 학생들이 스스로 해결하는 가운데 폭넓은 지식을 함양하도록 하는 글이다. 학생들은 주제에 따라 관련 자료를 수집하고 정리하여 일정한 형식에 맞추어 보고서를 작성함으로써 과제를 수행한다.

일반적으로 보고서는 ①연구보고서 ②독서보고서 ③조사(실험)보고서의 세 갈래로 나눌 수 있다. 흔히 논문이라 하는 것은 ①에 해당하고 ②와 ③은 보고서(리포트)라 한다. 논문은 주로 교수들이나 대학원생들이 쓰게 되지만 학부생일 경우 아이디어가 참신한 몇몇 학생들은 학기 도중에 논문을 써서 발표하기도 하고 졸업반일 경우 필수적으로 졸업 논문을 써야 한다. 논문과 보고서는 형식상 별 차이가 없다. 다만 연구 방법론이나 내용면에서 기존과 다른 독창성 여부에 따라 보고서와 논문으로 나눌 수 있다.

보고서 중에서도 독서보고서는 리포트라 일컫는 것으로 분야와 관련 없이 가장 널리 쓰이는 글이다. 말 그대로 참고문헌을 활용하여 주제나 분야에 맞게 기존의 밝혀진 사실을 검토하고 정리하는 글에 해당한다. 분야별로 인문 사회계 학생들은 주로 독서보고서나 조사보고서를 쓰고 자연계 학생들은 독서보고서나 실험보고서를 쓴다.

1) 보고서 작성 요령

보고서는 교육용 목적에 맞게 일정한 형식을 갖추어 써야 하므로 사전에 알아 두어야 할 몇 가지 사항이 있다. 먼저 담당 교수가 왜 보고서를 제출하라고 하는지 그 목적을 분명하게 파악해야 한다. 일반적으로 보고서는 수업의 연장선상에서 교수가 학생들에게 부여하는 과제를 뜻한다. 교수는 보고서를 통해 학생들이 광범위한 지식을 습득시키고 문제해결능력을 키우기를 바란다. 학생들은 주제 설정을 시작으로 계획의 단계를 거쳐 본격적인 쓰기 단계에 들어가야 한다. 목적한 결론의 도출에 이르기 위해서는 일정한 시간과 노력을 투자해야 함은 물론이고 다음과 같은 유의사항을 미리 알아 두어야 한다.

(1) 보고받는 사람의 의도를 파악하라

보고서는 독자와 목적이 뚜렷한 글이다. 따라서 독자의 의도를 파악하여 목적에 맞게 써야 한다. 독자는 강좌의 담당교수라 할 수 있는데 쓰기 전에 상대가 원하는 의도를 잘 파악해야 한다. 교수가 학생들에게 과제로 보고서를 제출하라는 의도는 다양할 수 있다. 신입생인 경우 주로 일차적 목적을 달성하기 위한 것이다. 일례로 보고서 쓰기 이론을 가르친 후 실제 쓰기에 적용할 목적으로 보고서를 과제로 내주는 경우가 있다. 재학생일 경우 이차적인 목적으로 심화 교육용 과제를 부여하는 것을 의미한다. 또한 쓰기 방법에도 교수의 의도에 따라 개별적 또는 모둠별로 이루어진다. 이를 테면 발표와 토론 시간에 토론용 모둠 발표를 위한 보고서를 써야 한다면, 조장을 중심으로 쟁점이 분명한 안건을 설정한 후 팀원들이 역할을 분담하여 보고서를 작성하고 발표에 해야 한다.

(2) 남의 글을 베끼지 마라

참고문헌이나 논문 그리고 인터넷이나 현지 조사로 얻은 자료들을 활용하여 작성할 때 유의할 점은 진실한 태도로 임해야 한다는 것이다. 흔히 사람들은 물건을 훔치는 것은 잘못된 행동이라는 것을 분명하게 안다. 그런데 다른 사람의 글을 베끼는 행위에 대해서는 별다른 죄책감을 느끼지 않는 경우가 많다. 흔히 정부의 고위 공직자를 뽑기 위해 청문회를 할 때 볼 수 있는 논란거리가 논문 표절 문제이다. 그만큼 다른 사람의 글을 베끼는 행위는 사람의 인성을 평가하는 중요한 잣대로 작용할 수 있다. 거듭 강조하지만 학술적 글쓰기에서 다른 사람의 글을 베끼는 행위는 학계에서 용납하지 않는 비윤리적 행위에 속한다. 그러므로 다른 사람의 연구 결과를 인용할 때에는 반드시 출처를 밝히는 것을 잊지 말아야 한다.

(3) 형식을 갖추어 써라

형식은 내용을 담는 그릇이라 할 수 있다. 보고서는 독자가 원하는 내용이 분명한 만큼 형식을 갖춤으로써 내용이 한눈에 들어올 수 있게 써야 한다. 일반적으로 글은 제목과 내용으로 이루어진다. 그런데 보고서는 이런 형식 외에 표지와 차례 그리고 참고문헌을 필요로 한다. 간혹 부록이 붙을 수 있다. 그리고 각각의 항목에도 일정한 형식을 갖추어야 한다. 흔히 학생들이 범하는 잘못의 실례를 들어 보면 표지의 제목 위치에 제목을 쓰지 않고 보고서(리포트)라고 쓰는 경우가 있다. 보고서는 글의 종류에 속하므로 보고서라 쓰는 것은 제목에 글의 종류를 쓰는 꼴이 된다. 그리고 본문을 쓸 때에 유의할 점은 차례의 체제와 일치해야 한다는 것이다. 이를 테면 차례에 '1. 서론'이라고 되어 있으면 본문에서도 '1. 서론'의 소제목을 쓰고 그 아래 해당 내용을 써야 한다. 본문에서 각주를 달 경우, 이에 맞는 형식을 갖추어 써야 한다. 참고문헌도 위치나 형식을 제대로 알고 써야 한다. 이렇게 형식을 제대로 갖출 때 보고서로서 가치를 인정 받을 수 있다.

(4) 논리성을 갖추어라

형식이 내용을 정확하고 명확하게 드러내기 위한 틀이라면 내용은 틀에 담긴 중요한 알맹이라고 할 수 있다. 논리성은 내용에 해당한다. 즉 어떠한 목적으로 어떠한 내용을 구성하여 어떠한 결과를 도출했는가 하는 내용이 간결하고 명확하게 나타나야 한다. 그러기 위해서 맞춤법, 글의 구성, 문체는 물론이고 논리성을 갖추어야 한다.

논리성이란 말이나 글에서 사고나 추리 따위를 이치에 맞게 이끌어 가는 과정이나 원리를 뜻한다. 자신이 주장하려는 내용이나 연구 결과가 다른 사람들에게 설득력을 얻으려면 추론과정에서 객관적 근거를 제시하여야 한다. 이를 테면 '노키즈존 왜 필요한가'를 주제로 글을 쓴다면 '노 키즈존'을 시행하는 매장과 시행하지 않는 매장을 대상으로 하여 일정한 기간 동안 매장에서 발생하는 어린이들의 사고율이나 다른 손님들과의 갈등 등을 살펴보고 분석한 통계를 근거로 할 때 그 주장이 설득력을 얻을 수 있다.

2) 보고서 작성 과정

보고서 작성과정은 주제 설정 및 제목 정하기-관련 자료 수집-자료 정리 및 개요 작성-보고서 작성-수정 및 검토의 과정을 거친다.

(1) 주제 설정

글쓰기에서 성공의 관건은 '내가 무엇을 쓸 것인가'에 대한 주제 의식을 확실하게 하는 것이다. 주제는 필자가 글쓰기 시작 단계부터 끝나는 순간까지 놓지 말아야 할 중요한 끈이라 할 수 있다. 논문이나 보고서도 마찬가지이다. 논문은 전공 분야에서 알려지지 않았거나 기존과 다른 독창적인 연구 결과를 도출하고자 쓰는 글이므로 평소에 관심 있는 문제를 주제로 설정하여 쓰는 경우가 대부분이다. 반면 보고서는 학기 도중에 수업 내용과 관련한 과제의 성격을 지니므로 교수가 일률적으로 지정하여 내주거나 학생들이 관심이 있는 분야의 주제를 설정하는 경우가 많다. 교수가 내줄 경우 집단을 대상으로 하기 때문에 포괄적 범위의 주제를 내 줄 수밖에 없는데 이 경우 학생들은 범위를 한정하여 자신의 역량이나 관심에 맞는 주제를 선정해야 한다.

(2) 관련 자료 수집

자료 수집은 독자의 의도를 분명하게 파악한 후 논의에 포함시키고 싶은 내용이나 관련 자료들의 목록을 정한 다음 수집해야 한다. 본격적인 쓰기 단계에서 준비된 자료 외에 별도로 자료가 필요한 경우가 있는데 이런 경우를 감안하여 다양한 경로의 자료수집 방법을 알아 두는 것이 좋다. 독서보고서의 경우 주로 주제와 관련된 문헌 자료나 논문을 수집하고 검토해야 한다. 논문을 쓸 때도 문헌이나 선행연구를 참고하는데 이때 주제와 관련된 선행연구들을 꼼꼼하게 검색하여 최근의 연구 동향을 파악한다. 자료 수집 과정에서 간혹 논의하고자 하는 주제와 동일한 논문이 있을 경우, 상황의 변화에 따라 주제를 바꿀 수 있는 융통성을 가져야 한다.

(3) 자료 정리 및 개요 작성

자료는 주제를 표현하기 위한 것이므로 자료 수집이나 정리 단계에서 주제는 얼마든지 바꿀 수 있다. 이미 주제를 설정했지만 자료 수집 과정에서 선행연구에서 다루었거나 주장하려는 내용이 타당성이 없다면 재검토하여 과감하게 바꾸어야 한다. 거듭 강조하지만 적절한 주제를 설정하는 것이 보고서 쓰기의 성공의 열쇠라 할 수 있다. '글 쓰는 사람이 무엇을 쓸 것인가'에 대한 목적 의식을 뚜렷하게 가질 때 개요도 성공적으로 짤 수 있다. 책의 경우 최종 개요는 차례에 해당한다고 볼 수 있는데 보고서는 최종 개요를 확정하기 전까지는 쓰기 과정에서 바뀔 수 있다는 점을 염두에 두어야 한다. 개요 중에서도 본론 부분은 주제를 입증하는 핵심 내용인 만큼 제목과 관련하여 적절한 소제목을 달아야 한다.

(4) 수정 및 검토

학술적 글쓰기의 종류인 보고서는 다른 글과 달리 일정한 형식이 있으므로 수정할 때 이 형식에 맞게 했는지 검토해야 한다. 또한 본문에서 사실과 의견을 명확하게 구분하고 주제나 목적에 어긋난 점이 있는지 살펴보아야 한다. 더불어 각 단락이 주제와 긴밀한 관련성이 있는지 검토하고 단락을 구성하는 문장의 성격도 고려해야 한다. 단락을 이루는 문장에는 소주제문과 뒷받침문장이 있는데 명확한 뜻을 전달하려면 하나의 단락에 하나의 소주제문이 있어야 한다. 본문 도중에 부연 설명이나 인용부분에서 각주 처리를 제대로 하였는지도 검토의 대상이다. 마지막으로, 전체 맥락상 어색하게 표현된 부분은 삭제하거나 부가하여 다듬어야 한다. 보고서는 독자가 뚜렷한 글인 만큼 스스로 독자가 되어 글의 주장이나 내용이 명확한지 살펴볼 필요가 있다.

3) 보고서 구성

보고서의 핵심은 내용이지만 다른 글과는 달리 형식을 갖추어 써야 하므로 보고서를 구성하는 형식을 중심으로 구체적으로 알아보기로 한다.

(1) 표지

표지는 형식상 가장 앞부분에 위치한다. 표지에 들어갈 항목으로 과제명(제목)과 소속을 들 수 있다. 과제명(제목)은 상단 가운데 위치하고 소속은 하단 오른쪽에 위치한다. 소속은 과제를 부여하는 사람과 수행하는 사람의 소속을 말한다. 항목을 보면 교과명, 담당교수, 학생의 소속(학과, 학번)과 이름, 제출일자 등을 표시한다.

(2) 차례

차례는 최종 개요를 뜻한다. 차례는 서론, 본론, 결론, 참고문헌 순으로 쓴다. 삼단 구성의 항목을 표시할 때 서론과 결론은 용어 그대로 써도 되지만 본론은 본론에 해당하는 소제목을 쓴다. 각 항목은 로마자나 아라비아 숫자로 순서를 나타내지만 참고문헌은 번호를 붙이지 않는다.

(3) 본문

본문은 서론, 본론, 결론을 뜻한다. 서론에는 글을 쓰는 목적과 필요성, 글의 범위, 글을 쓰는 방법 등을 제시한다. 본론에는 본론에 해당하는 소제목을 쓰고 그 제목아래 소제목별 내용을 정리하거나 주장할 내용을 간추려 쓴다. 결론은 본론의 내용을 요약하고 연구 결과의 의의나 전망, 남은 과제 등을 제시한다. 본문의 서론 부분이 시작하는 지점부터 쪽수를 명시해야 한다. 본문을 작성할 경우 각주를 달 수 있다. 각주(脚註, footnote)는 본문 내용을 작성하다가 본문의 내용을 부연할 필요성이 있거나 다른 사람의 글을 인용한 경우에 달고 하단에 부연설명하거나 인용한 출처를 밝힌다. 출처는 기본적으로 단행본과 논문이 주를 이루는데 순차적으로 각각에 해당하는 예를 제시하면 다음과 같다.

황병순,『한국어 문장문법』, 한국문화사, 2004, 100쪽.

문범두, 「남궁선생전의 기술태도와 작가의식」, 『한민족어문학』 27, 한민족어문학
회, 1995, 121쪽.

(4) 참고문헌

참고문헌은 보고서의 끝에 위치한다. 참고문헌은 본문을 쓸 때 인용하거나 언급
된 자료를 말한다. 참고문헌은 출판연도순이나 저자 성씨 가나다순으로 배열하는
데 일반적으로 저자 성씨 가나다순으로 배열하는 경우가 많다. 참고문헌의 형식은
저자, 서명, 출판사, 출판연도 순으로 적는다. 참고문헌을 제시할 때에 각주와 마찬
가지로 단행본(책)의 경우 겹낫표 (『 』)에 서명을 쓰고 논문은 낫표 (「 」)에 논문 제
목, 겹낫표(『 』)에 학회지의 이름을 넣어 구분한다. 요즘 인터넷 자료를 활용한 경
우가 있는데 이 경우 사이트 주소와 검색일자를 적는다. 단행본, 논문, 인터넷 자료
순으로, 예를 들면 다음과 같다.

김현룡, 『허균』, 건국대출판부, 1994.

이지영, 「〈문전본풀이〉에 나타난 악인형 여성의 전형 연구」, 『한국고전여성문학』

12, 한국고전여성문학회, 2006.

http://www.······(2017.10.10.)

이론과 달리 보고서를 쓰기는 쉽지 않다. 다음은 경남 과기대 제약공학과 학생들
이 모둠 발표를 하기 위해 '동물실험 폐지의 필요성'이란 제목으로 쓴 보고서이다.
차례 – 본문 – 참고문헌의 순으로 배열하였는데 대체로 보고서의 형식을 갖추어 쓴
글이라 할 수 있다.

1. 서론

현재 뉴스나 신문을 보면 동물실험에 관한 기사를 심심치 않게 볼 수 있다. 이는 대개 실험에 사용되는 동물들의 윤리성에 관한 논쟁으로 찬반의 의견이 매우 팽팽하다. 우리가 속해있는 제약공학과는 약을 개발, 연구하는 산업과 밀접한 연관이 있는 학과이다. 따라서 동물실험이 제약공학과의 특성과 밀접한 관련성을 가지고 있으므로 동물실험에 관한 주제를 설정하고 발표를 위한 보고서를 작성하고자 한다.

동물실험이란 교육, 시험, 연구 및 생물학적 제제의 생산 등 과학적 목적을 위해 동물을 대상으로 실시하는 실험 또는 그 과학적 절차를 말한다. 이러한 과정에서 동물들의 생명에 대한 경시풍조가 이어져 동물들이 받는 고통과 정신적인 스트레스는 고려하지 않다고 생각되어 동물실험에 대해 조사를 하고 발표를 진행할 것이다. 또한 현재의 시점에서 찬성과 반대 측의 입장에서 서로의 의견 절충이 어떻게 이루어져야 할 것인가에 대해 논의를 해 보고자 한다.

이 보고서의 목적은 모둠 발표를 위한 것이다. 이 목적을 달성하기 위한 방법으로 조장을 중심으로 팀원들끼리 역할을 분담하여 각각 맡은 과제를 충실하게 하고 종합적으로 검토하는 방향으로 진행하였다. 자료 조사는 팀원 전체가 하기로 했으며 이밖에 리포트 작성, PPT작성, 발표할 사람을 정하였다. 자료조사를 한 후에 조원들과 공유를 해서 리포트 작성의 형식을 의논하고 팀원들이 각자의 역할을 수행하여 발표 준비를 하였다.

2. 동물 실험의 실태

동물실험이란 교육, 시험, 연구 및 생물학적 제제의 생산 등 과학적 목적을 위해 동물을 대상으로 실시하는 실험 또는 그 과학적 절차를 말한다. 이러한 동물실험은 여러 가지의 형태로 이루어진다. 의학이나 생물학 분야에서는 해부를 통해 동물의 생체를 관찰하거나 유전적 특징, 성장 과정, 행동 양식 등을 연구하기도 하고, 때론 의약품의 원료가 되는 재료를 채취한다. 하지만 우리가 일반적으로 생각하는 동물실험은 새로운 제품이다 치료법의 효능과 안전성을 확인하기 위한 것으로, 비단 의약품뿐만 아니라 농약이나 화장품, 식품 들이 인체에 미치는 영향을 예측하는 데에도 활용된다.

(…중략…)

동물실험의 역사는 고대 그리스 시대로 거슬러 올라간다. 히포크라테스는 동물 해부를 통해 생식과 유전을 설명했고, 아리스토텔레스 역시 동물을 관찰하여 해부학과 발생학을 발전시켰다. 이러한 과학자들과 연구원들이 동물실험이 의학과 생물학을 진보시키는 데 필수적인 과학적 방법으로 자리 잡는 동안, 동물실험을 반대하는 사람들도 늘어갔다.

3. 동물실험 반대 입장

불필요한 동물실험을 줄이고 동물의 권리와 복지를 보장하자는 주장은 계속되어 왔지만, 여전히 많은 분야에서 다양한 형태의 동물실험이 진행되고 있다. 20세기에 들어서는 약물 규제가 강화되고 독성 실험이 중요해지면서, 새롭게 개발된 약물을 사용하기 전에 동물에 실험해보는 것이 의무화되었다. 이런 과정에서 대부분의 사람들은 이러한 동물실험을 통한 질병에 대한 이해와 약물의 효능의 이해를 현대 의학의 발전에 크게 기여를 한다고 믿는다.

(…중략…)

서양에서는 전통적으로 동물의 권리가 낮게 평가되었다. 반사이론의 창시자인 러시아의 이반 파블로프는 개뿐만 아니라 동물과 인간의 모든 행동방식을 일련의 반사

작용의 연결로 설명하려고 했다. 동물을 자동 반사장치 정도로 보는 생각은 피조물의 품격을 떨어뜨리고 인간의 정신을 보다 우월하게 조명하기 때문에 몇몇 철학자, 문인, 신학자, 교육학자들까지 호의적으로 수용하고 있다. 하지만 아메바, 해파리, 거머리 등 진화단계가 낮은 생물체를 제외한다면 동물은 반사 로봇이 아니라 느끼고 고통 받으며 사랑하는 존재이다. 그리고 완전히 반사적으로 행동하는 영혼도 없이 무위도식하는 원시적인 생명체와 이들의 차이점이 바로 본능이다.[1]

사람들은 흔히 동물들의 복잡한 양태를 '단순한 본능'으로 치부해 버린다. 그리하여 인간 또한 그와 유사한 행동을 뚜렷하게 보여주고 있음에도 양자를 비교할 필요가 없다고 생각한다. 이와 같이 생각하는 사람들은 동물들의 단순한 본능적 패턴의 중요성 또한 편의에 따라 무시하거나 간과하려 할 것이다. 그런데 동일한 방식으로 산란 닭, 식용 송아지, 그리고 실험용으로 우리에 수용된 개들이 지금까지 다른 환경을 경험한 적이 별로 없었고, 이 때문에 그들이 처한 환경이 그들에게 고통을 야기하지 않을 것이라는 주장이 제기되는 바가 있는데 이는 오류임이 이미 밝혀졌다.[2]

4. 결론

사람이 자신의 이익만을 위해 동물을 이용해 하는 것은 동물의 생명을 존중하지 않는 행위이다. 인간이 동물의 삶과 생명을 결정할 권리는 없으며, 동물실험을 진행하였다 하더라도 의약품이 완전히 안전하지는 않다. 이에 대한 것은 본론에 충분히 설명을 하였다. 인간을 위해 동물실험만을 추구할 것이 아니라, 동물실험 이외에도 인간의 세포나 프로그래밍 등 여러 가지 대체방법들이 존재한다. 그리고 근본적으로 어떤 생명이라도 인위적 힘에 의해서 고통 받지 말아야 할 권리가 있으며, 모든 생명은 소중하고 고귀한 존재임을 잊지 말아야 한다.

---

1 비투스 B. 드뢰서 지음, 이영희 옮김, 『휴머니즘의 동물학』, 이마고, 2003, 41쪽.
2 피터 싱어 지음, 김성한 옮김, 『동물해방』, 연암서가, 2008, 377쪽.

📖→ 참고문헌

비투스 B. 드뢰서 지음, 이영희 옮김, 『휴머니즘의 동물학』, 이마고, 2003.

피터 싱어 지음, 김성한 옮김, 『동물해방』, 연암서가, 2008.

http://terms.naver.com/entry.nhn?docId=3574818&cid=58939&categoryId=58951 (2017년 5월
    30일)

http://terms.naver.com/entry.nhn?docId=1084205&cid=40942&categoryId=32750 (2017년 5월
    30일)

요
해

자기 소개서

일반적으로 기업체나 관공서에 취직하고자 할 때 자기 소개서를 비롯하여 몇 가지 서류를 준비해야 한다. 성적 증명서나 졸업 증명서, 이력서 등은 글쓰기 능력을 필요로 하지 않지만 자기 소개서는 어떻게 쓰느냐에 따라 자신을 돋보일 수 있는 기회가 될 수 있다. 그리고 면접의 기초자료로 활용하기 때문에 의사표현 능력, 문장구성 능력, 창의적 사고나 논리적 사고 등을 판단하는 근거로 작용할 수 있어 선발할 때에 일정한 영향력을 미칠 수 있다.

각 기업의 인사팀은 자기 소개서를 보고 성장과정에서 형성된 인성과 능력 그리고 성격의 장단점이나 조직에 대한 적응력, 대인 관계 등에 대해 궁금한 점을 풀고자 한다. 따라서 지원 분야를 중심으로 일목요연하게 재구성하여 자신을 효과적으로 알릴 수 있도록 해야 한다.

최근 정부에서 공공분야뿐만 아니라 민간 기업에도 '블라인드 채용'을 추진하겠다는 정책을 발표한 바 있다. 이에 발맞추어 기업들도 취업시험보다는 서류전형으로 인재를 선발하려는 분위기가 조성되고 있다. 자기 소개서 쓰기는 주로 취업을 앞둔 대학 4학년 시기에 쓰는 경우가 많은데 막상 쓰려고 하면 쓸거리가 없어 고민하는 경우가 종종 있다. 평소에 전공과 관련하여 취업할 분야를 생각해 보고 해당 기업에 대한 정보 탐색과 더불어 기업이 요구하는 능력을 갖추려는 자세가 필요하다.

1) 자기 소개서 작성 요령

자기 소개서는 직종에 따라 약간의 차이가 있으나, 기본적으로 기업 입장에서는 선발인력에 대해 궁금한 것을 알기 위해 읽는 글이고 지원자 입장에서는 궁극적으로 기업체에 들어가기 위해 쓰는 글이다. 글의 특성상 독자와 필자의 관계가 뚜렷하기 때문에 몇 가지 작성 요령을 알아둘 필요가 있다.

(1) 개성적인 글로 독자의 관심을 끌게 하라

온라인 취업사이트 '사람인'이 기업의 인사 담당자를 대상으로 신입 사원 채용에 걸리는 서류 검토 시간을 조사한 결과 이력서에 5분, 자기 소개서에 5분의 시간이 걸리는 것으로 나타났다. 조사한 바와 같이 서류 검토시간이 매우 짧기 때문에 진부하고 추상적 표현보다는 개성적이고 참신한 표현으로 눈길을 끄는 것이 효과적이다.

자기 소개서를 쓰는 목적은 지원자가 그 분야에 적합한 인재라는 것을 알리는 것이다. 그러므로 자신의 일대기를 무작정 나열하기보다는 기업체의 정신이나 지원 분야에 초점을 맞추어 자신의 개성을 돋보일 수 있는 일화를 소재로 삼아 쓰는 것이 효과적이다.

(2) 간결하고 명확하게 표현하라

자기 소개서는 많은 서류 중에서 인사팀이 대강 훑어보아도 무슨 내용인지 알 수 있게 써야 한다. 각 항목별 단락을 구성할 때에 욕심을 부려 많은 내용을 쓰려고 하지 말고 강조하고 싶은 내용을 미리 생각해 두고 두서너 개의 소주제문을 설정하여 단락으로 구성해야 한다. 단락을 구성할 때 미괄식보다 두괄식으로 하는 것이 선명한 인상을 준다. 각 단락의 소주제문은 단락의 핵심 내용이므로 위치상 앞에 두고 그 뒤에 뒷받침문장을 들어 부연설명하는 것이 좋다. 문체도 되도록 길이가 짧은 간결체나 수식이 없는 건조체를 쓰는 것이 효과적이다. 기본적으로 맞춤법에 맞게 써야 하며 중의적 표현이나 중복 표현, 접속부사의 남용 등도 삼가야 한다.

(3) 솔직하고 진실한 태도로 임하라

넓은 범위로 보면 자기 소개서는 설명문에 속한다. 설명문의 갈래 가운데 지식 설명문이라기보다는 체험 설명문이라 할 수 있다. 체험 설명문은 있었거나 있는 사실에 기초하여 평소의 생각, 신념이나 소망 등을 쓰는 것을 말한다. 근거가 없는 추상적인 내용보다는 구체적인 경험을 들어 쓰는 것이 솔직하고 진실한 느낌을 준다. 이를 테면 '어릴 적부터 호기심이 강했습니다.'라고 쓰는 것보다 '어릴 적부터 장난감을 분해하고 조립하는 것을 즐겼습니다. 특히 RC 자동차를 가지고 노는 것을 좋아했는데, 선물 받은 RC 자동차를 리모컨으로 자유자재로 작동이 가능하게 된 후부터는 자동차를 분해해서 부품을 하나하나 뜯어보기도 하고 다시 조립해 보기도 했습니다.'라고 쓰는 것이 더 진정성을 느끼게 한다.

(4) 지원 분야를 중심으로 항목별 통일성을 고려하라

목적이 뚜렷한 자기 소개서 쓰기에서 가장 유의할 점은 바로 자신이 업무의 적임자라는 것을 강조하는 일이다. 그러므로 지원 분야에 대한 광범위한 지식과 더불어 구체적인 정보 수집도 필요하다. 준비단계에서 해당 기업의 자기 소개서 양식을 파악하는 것을 시작으로 기업이념이나 기업의 중점 사업, 인력 채용 분야에서 요구하는 능력 등을 철저하게 파악해야 한다. 인터넷을 활용할 수도 있지만 직접 방문하여 사보를 구하거나 기업의 분위기를 파악하는 것 등의 적극적인 태도가 필요하다.

본격적인 쓰기 단계에 들어가서는, 지원 분야를 중심으로 각 항목별 통일성을 갖출 때 쓰기의 목적을 뚜렷하게 드러낼 수 있다. 목표의식이 강하다는 사실을 장점으로 쓰고자 할 때 '목표의식은 더 나은 결과를 위한 준비라고 생각하기 때문에 항상 목표의식을 가지려 합니다. 이를 통해 전자부품회사의 3정 5S 현장개선 과제를 성공적으로 마칠 수 있었습니다. 성공적인 과제 수행을 위해 공장이 멈추는 새벽 2시까지 퇴근하지 않고 보조 역할을 자처했습니다. 성실하게 노력한 대가는 예상하지 못한 문제가 발생했을 때 그 진가를 발휘했습니다. 문제가 발생해도 당황하지 않고 동료, 관련부서와 협력하여 빠르게 대처할 수 있어서 사태를 무마할 수 있었습니다.'라고 씀으로써 성격과 지원 분야와 관련성을 연계할 수 있다.

2) 자기 소개서 구성

최근 들어 자기 소개서는 자필로 쓰는 것보다 컴퓨터를 활용하여 쓰는 경우가 많다. 기업마다 지원 양식의 차이가 있으므로 쓰기 전에 해당 기업의 지원양식을 미리 알아 두어야 한다. 특별한 양식이 있는 경우도 있지만 일반적으로 자기 소개서는 성장과정, 성격의 장단점, 경력사항(교내외 활동 및 특기 사항), 지원동기 및 장래 포부의 항목으로 구성한다.

(1) 성장 과정

성장 과정에서 특별한 경험을 함으로써 형성된 가치관이나 전공분야에 관심을 갖게 된 계기 등을 소재로 활용하여 쓸 수 있다. 단순 나열식의 연대기적 서술보다는 체험한 일들 가운데 지원 분야와 관련 있는 소재를 선정하여 표현하는 것이 효과적이다. 이를 테면 사회복지분야의 기관에 응시하고자 할 경우, 사회복지사인 엄마의 영향으로 ○○양로원에 주기적으로 봉사활동을 다닌 일화를 중점적으로 소개하면서 그 때 느낀 보람이나 그 때 형성된 가치관 그리고 문제점 등을 언급하고 전공학과를 선택한 경위 등을 자연스럽게 연결할 수 있으면 좋다.

(2) 성격의 장단점

장점을 부각하고 단점은 솔직하게 쓰되 단점을 개선하려는 의지나 노력을 같이 제시하는 것이 필요하다. 그러나 솔직하게 쓴다고 해서 있는 그대로 단점 위주의 글을 써서는 곤란하다. 자기 소개서가 어디까지나 취업을 목적으로 자신을 홍보하는 글이란 점을 잊지 말고 자신이 해당 기업의 적임자라는 생각을 쓰기의 중심축에 놓아야 한다. 위치상 장점을 먼저 내세워 두괄식으로 작성하되 부가적으로 단점도 제시하면서 개선의지와 노력하는 태도를 보여 주는 것이 좋다. 맥락상 장점 위주로 구성하되 단점을 간단하게 소개함으로써 진정성과 더불어 발전적인 이미지의 주인공이라는 것을 보여 줄 수 있다.

(3) 경력 사항 (학창생활 및 특기사항)

경력은 앞의 두 항목과 연속성을 지니지만 지원 분야와 관련해 볼 때 실질적인 경험이나 자격증, 특기 사항 등을 요구하는 항목이다. 일단 취업 준비생들 가운데 가끔 취업에 임박해서 경력 사항에 넣을 내용이 없어서 당황하는 경우가 있다. 그러므로 평소에 해당 기업체가 요구하는 실무능력을 경력으로 쌓아 두어야 한다. 경력은 주로 대학교 시절에 활동한 경력이나 자격취득을 말하는 것이므로 리더십, 대인관계, 소통 능력, 각종 자격증, 외국어 능력 등을 보여 줄 근거 자료를 마련하여 쓰기의 소재로 활용해야 한다.

(4) 지원 동기 및 장래포부

지원 동기는 글 전체의 중심 내용에 해당한다고 볼 수 있다. 일반적인 글쓰기에서 글쓰기의 첫 단계로 주제 설정을 먼저 해야 하는데 그런 의미에서 자기 소개서는 지원동기가 주제에 해당한다고 볼 수 있다. 따라서 이 항목을 먼저 쓰고 나머지 항목을 재구성하여 쓰는 것도 절차상 고려할 만하다. 먼저 어떤 곳에 취업할 것인가에 대해 진지한 고민을 한 후에 자신의 적성이나 성격 그리고 경력 등을 고려하여 기업을 선정하고, 왜 지원하게 되었는가에 대한 동기를 뚜렷하게 밝혀야 한다. 그리고 장래 어떠한 계획과 목표를 가지고 기업에 기여할 것인가에 관해서 구체적으로 서술해야 한다.

기본양식

(1) 성장 과정

어린 시절 새벽 일찍 출근하시고 밤늦게 지친 모습으로 퇴근하시면서도 어린 아들이 학교에서 무슨 일이 있었는지 자상하게 물어보시던 아버지의 모습을 잊을 수 없습니다. 아버지는 "어떤 일이든지 자신을 믿고 행동하면 좋은 결과를 맺을 수 있다."라는 말을 늘 강조하셨습니다.

아버지의 영향 아래 군 전역 후 제조현장을 경험해 보고 싶어 집 가까운 곳에 위치한 회사에 들어가 7개월 동안 인턴사원으로 일하며 대학등록금과 생활비를 벌어 본 경험이 있습니다. 현장경험 중 포장업무의 공정을 담당하였는데 종종 PP밴딩기의 밴

드가 꼬이는 등의 문제가 생겨 라인이 멈추는 때가 있었습니다. 평소에 다른 조장들이 PP밴딩기를 고치던 모습을 눈여겨보고 조금씩 수리방법을 배워 두었던 터라 당황하지 않고 밴딩기를 정비하여 공장이 원활하게 돌아가도록 하여 주변 동료들의 시선을 한 몸에 받았습니다. 배우려는 열정과 성실하고 근면한 태도가 돋보였는지 동료, 조장, 반장들의 인정 하에 함께 근무하며 일하는 보람을 느낄 수 있었습니다. 이와 같은 현장경험을 바탕으로 장차 관련 분야에서 필요한 인재로 거듭나기 위한 끈을 늦추지 않을 것입니다.

(2) 성격의 장단점

소통능력이 뛰어난 것이 저의 장점입니다. 평소에 걱정, 고민이 있는 친구들의 표정이나 행동은 평소와 다르기 때문에 금방 알아차리는 편입니다. 이런 공감 능력은 어려서부터 배려심이 많은 부모님으로부터 자연스럽게 배운 것입니다. 이런 나의 성격을 친구들도 느꼈던지 고민이 있으면 찾아오는 경우가 많습니다. 친구들을 위한 상담자 역할은 친구들의 고민을 해결해 줄 뿐만 아니라 내적 성숙의 밑거름이 되었습니다. 얼마 전 학과 친구가 평소에 가깝게 지내던 친구와 사이가 나빠져 고민 상담을 해 온 일이 있습니다. 나의 경험을 되살려 대학친구는 성인이 돼서 사귀는 사람들이므로 비슷한 가치관과 생각을 공유할 수 있고, 전공이 같기 때문에 사회에 나가서도 소중한 존재라는 것을 일깨워 주었습니다. 그 일이 있은 후 화해를 한 친구들을 보며 큰 보람을 느낄 수 있었습니다. 반면 단점으로 내성적인 성격을 들 수 있습니다. 다른 사람의 마음을 헤아려 주는 것에는 익숙하지만 정작 나 자신의 고민은 다른 사람을 힘들게 할까 봐 말한 적이 별로 없습니다. 이를 극복하기 위해 교내 ○○동아리에 들어가 동아리 선후배와 회식을 하고 야유회도 가는 등 적극적인 활동을 통해 외향적인 성격으로 바꾸어가고 있습니다. 이런 활동을 통해 솔직한 태도로 대하는 것이 상대방을 편하게 할 수 있다는 사실도 깨닫게 되었습니다.

(3) 경력 사항

학창 시절 군대에 가기 전까지 인생에 대한 뚜렷한 목표가 없어 공부에 대한 의욕이 전혀 없었습니다. 군 생활은 내 인생을 바꾼 전환점이 되었습니다. 나태한 예전의 모습은 사라지고 책임감과 건전한 정신의 소유자가 되었습니다. 복학 후 '노력을 통해 이루지 못할 것은 없다.'라고 마음을 먹고 꼭 이루어야 할 목표를 정했습니다. 먼저 학과 공부에 매진하기로 했습니다. 암기 위주의 공부 방식을 버리고 개념을 제대로 이해하려고 애썼습니다. 더불어 전공을 깊이 있게 이해하기 위해 현장을 직접 찾아가는 적극성도 발휘하였습니다. 그리고 시간을 철저하게 관리하여 생활화하였습니다.

그 결과 3학년 1학기가 끝날 무렵 과에서 5등이라는 값진 결과를 얻을 수 있었습니다. 4학년 졸업반 무렵에는 회사에 입사한 선배들을 찾아가 상담을 통해 업무에 필요한 역량을 키우도록 노력했습니다. 제가 원하는 회사가 주로 화학물을 주원료로 사용하기에 위험물기능사, 위험물산업기사 실기시험을 응시하였으며, 생산한 제품들을 정리하고 적재할 수 있는 지게차운전기능사 자격증을 취득하였습니다. 또한 제조현장을 경험하기 위해 현장실습을 하며 생산직 근무자들에게 가장 중요한 것은 책임감이라는 것을 배웠습니다.

(4) 지원 동기 및 장래 포부

저의 목표는 많은 사람이 깨끗한 환경에서 건강한 생활을 누릴 수 있도록 하는 일에 힘을 보태고 싶은 것입니다. ○○사에서 제조하는 비누, 세탁세제, 화장품 등은 쾌적하고 윤택한 생활을 하기 위한 필수품에 속합니다. 그만큼 제품에 대한 소비자의 관심과 요구도 다양한 편이라고 예측할 수 있습니다. 제품을 쓰는 소비자의 불만족이 없도록 현장에 나가 소비자의 요구 사항을 직접 듣고 제품 제조 업무에 반영될 수 있도록 하는 데에 동참하고 싶습니다. 제가 ○○사에 입사한다면 자연환경의 보존과 인체에 해롭지 않은 친환경 재료 개발에 힘쓰겠습니다. 또한 뚜렷한 목표의식을 가지고 선배들의 조언을 경청하며 현장에서 배운 것들을 매일 메모하고 정리하여 업무와 조직에 빠르게 적응하는 사원이 되겠습니다.

– 학생 글

특정양식 (LH공사 취업을 위한 자기 소개서)

(1) 지원하게 동기와 장래 포부(500자)

진주 혁신도시 근처에 사는 건축학도로서 최근 진주 혁신도시에 LH공사 아파트가 들어설 때부터 건축현장을 방문하여 다양한 활동을 통해 LH공사에 많은 관심을 가져왔습니다. 그 중에서도 특히 임대아파트에 주목하였는데 국민의 주거안정에 큰 부분을 담당하고 있는 LH공사의 임대아파트를 단순한 주거 공간의 제공 이외에 입주자들의 요구와 주거 트랜드의 변화를 반영하여 상수도 환경을 개선한다면 '많은 비용 절삼과 공익의 효과를 가져올 수 있겠다'라는 생각을 했습니다. 최근 LH공사가 한국수자원공사와 스마트 물 관리 시스템을 구축하여 수돗물의 수량과 수질을 관리해 국민이 안심하고 수돗물을 마실 수 있도록 한다는 기사를 보았습니다. 그 기사를 보고 떠오른 아이디어가 LH아파트의 상수도관망에 센서 부착을 통해 실시간으로 누수를 감지하여 물 관리를 한다면 국가적인 물 문제 해결에도 큰 도움이 될 수 있다고 생각합니다. 이러한 공익적 사업은 LH공사에서 시행하는 것이 가장 적합하다는 생각을 했습니다. 저는 현재에 머물지 않고 다가올 미래의 발전방향에 대해 고민하는 지원자입니다. 제가 입사한다면 저의 아이디어를 실현시켜 소시민들이 믿고 선택할 수 있는 살기 좋은 주거 환경을 만드는 데 앞장서고 싶습니다.

(2) 경력 사항

2-1. 지원 업무와 관련한 업무 경험 또는 활동(200자)

군 전역 후 복학하여 링크사업단에서 지원하는 2015 캡스톤디자인 공모전에 '어도의 설치를 통한 남강댐 생물의 다양성 확보 방안'이라는 주제로 참가한 경험이 있습니다. 수자원의 효율적 공급을 위해 꼭 필요한 댐이 어류의 이동에 큰 방해를 하고 있었습니다. 이러한 문제를 해결할 방안에는 어도가 있었고, 이를 설계하고 제작하여 공모전에 참가하여 우수한 성적을 거둘 수 있었습니다.

2-2. 해당 기업이나 활동에서 본인이 맡았던 역할(400자)

공모전에 팀장으로 참가한 저는 팀을 이끄는 데 솔선수범하였습니다. 어도는 기존의 하천시설물 인근에 설치하는 구조물이므로 기존 시설물에 영향을 주지 않고 설계하는 것이 매우 중요한 고려 사항이 되었습니다. 이러한 문제를 해결하고 어도를 디자인하기 위해 팀원들과 의논하여 계획을 세웠습니다. 첫째, 어도와 남강댐 관련 자료를 수집하는 것에 집중하였습니다. 둘째, 남강댐 관리단에 방문 허가를 요청한 후, 팀원들과 남강댐에 방문하여 남강댐 주변의 환경 조사와 남강에 적합한 어도 형태에 대해 의견을 나누었습니다. 그리고 남강댐 관리단 직원과 교수님 등의 전문가에게 조언을 구했습니다. 의견을 종합하여 구조물의 하중, 남강유역의 특성, 미적 경관을 고려한 '아치형 컨베이어 어도'를 제작하였습니다. 아치형으로 제작하여 하중의 부담을 줄이도록 제작을 하였고, 남강주변의 관광객을 유치할 수 있도록 조명을 설치하였습니다.

2-3. 해당 활동 경험이 업무수행에 미치는 효과(400자)

팀별로 공모전에 참가한 것은 캡스톤 디자인에서 어도를 설계하면서 이론으로 익혀왔던 구조물의 설계, 안전성 검토 등을 실습을 통해 경험할 수 있는 좋은 기회였다고 생각합니다. 구조물을 설계하기에 앞서 지반 조건, 주변 환경조건을 조사하고, 그 환경에 적합한 구조물의 형태를 결정하였습니다. 그 후, 구조물에 부과될 수 있는 하중을 검토하고 구조물에 적합한 재료 결정하는 등 구조물의 안전성을 검토하였습니다. 마지막으로 주변의 경관과 관광객 유치를 위한 부차적인 방안 등을 고민해 보았습니다. 이 경험이 LH공사에서 단지를 설계하고 도시를 개발, 정비하는 업무에 도움이 된다고 생각합니다. 단지의 현황을 조사, 단지설계 기준을 수립하고, 세부설계를 하는 등의 업무를 효율적으로 처리할 수 있다고 생각합니다. 앞으로 전공지식을 더 쌓아 LH공사에 필요한 인재가 될 수 있도록 더 많이 배우고 노력할 것입니다.

(3) 조직에서 팀원들과 공동의 목표를 가지고 일을 추진한 경험 기술(상황 속에서 자신이 행동과 그 결과 중심) 기술(500자)

국내연수는 한국마사회 농어촌희망재단에서 주최한 재단 장학생들을 지원하기 위해 마련한 연수에 참가한 적이 있습니다. '농촌관광'분야에 지원하였고, 각 분야별로 PPT를 제작하여 발표하는 과제가 있었습니다. 지원한 분야별로 9명씩 팀을 이루게 되었습니다. 저는 농촌관광 1조에서 팀장이 되었고 처음 만나는 팀원들과 화합을 이끌어 내기 위해 많은 노력을 하였습니다. 처음 만나 서먹서먹한 팀원들과 이야기하는 시간을 많이 가지고, 연수 기간 동안 함께 다니며 사진도 찍고, 활동에도 적극적으로 참여하였습니다. 그 후 PPT를 작성할 때, 팀원들의 의견을 자유롭게 말할 수 있도록 분위기를 조성하였습니다. 팀장인 저는 팀원들을 배려하고, 대화를 통해서 결론을 도출하는 것이 가장 좋은 해결책이라고 생각했습니다. 비록 빌표 내외에서 입상에 들지 못했지만 연수의 마지막 행사인 '협동과 화합의 에코백 만들기'까지 힘을 모아 마무리하였습니다.

그 결과, '베스트 팀워크 팀'으로 뽑혀 승리의 기쁨을 맛보았습니다. 이런 경험을 통해 성적 순위보다 일에 대한 열정과 패기가 중요하다는 사실을 깨달았습니다.

(4) 주어진 역할이나 일을 수행하고 좋은 결과물을 만들기 위한 노력 (당시 상황 속에서 자신이 취한 행동과 그 결과 중심)(500자)

해외탐방 프로그램 중에 링크사업단에서 지원하는 '합리적 물 관리와 효율적 물의 이용을 위한 선진기술의 탐색과 이해'라는 주제로 참가한 적이 있습니다. 팀원의 역할 분담 결과 저는 해외 기관과 연락 담당하는 일을 맡았습니다. 맡은 책임을 다하기 위해 프랑스, 영국, 독일 등에 있는 선진 물 기업과 대학교의 담당자에게 많은 이메일을 보냈고, 몇몇 기관에서 호의적인 답변을 받을 수 있었습니다. 그러나 우리 팀이 정말 탐방하고 싶었던 기관인 'Suez Environnement'라는 기업의 방문 허가를 받는 것이 힘들었습니다. 그래서 저는 이러한 소극적인 방법에서 벗어나 '2015 대구 경북 세계 물 포럼'에 참가하여 우리가 탐방하고 싶었던 기관인 'Suez Environnement' 부스를 방문하여 기관 담당자를 만나 탐방 허가를 받을 수 있었습니다. 탐방 허가를 받은 후 팀원들의 격려와 더불어 스스로 해냈다는 자부심을 느낄 수 있었습니다. 그 후, 허가를 받은 기관들을 탐방하면서 수자원의 효율에 관련된 많은 기술력을 탐방하였고 성과 발표회를 통해서 장려상을 받는 성과를 달성하였습니다.

인재상: 가치창출인, 변화주도인, 전문역량인

(5) 위의 세 가지 인재상 중에서 자신과 가장 적합하다고 생각하는 것 하나를 선택하여 그렇게 생각하는 이유를 구체적인 사례를 포함하여 기술(700자)

저는 전문 역량인에 가깝다고 생각합니다. 전공 분야에 관한 해박한 지식과 능력은 기업이 요구하는 첫째 조건이기 때문에 전공 분야와 관련한 공부는 게을리 하지 않습니다. 전공 분야와 관련한 공부를 하는 도중에 어려운 문제에 부딪혔을 때 포기하지 않고 탐구를 계속한 결과 스스로 문제를 해결했을 때의 성취감은 무엇과도 바꿀 수가 없습니다. 또한 역학, 시공학과 같은 과목뿐만 아니라 관개배수공학, 농촌계획학과 같은 농업토목과목도 수강하면서 다방면의 토목공학의 지식을 쌓을 수 있었습니다. 그 결과 전공과목은 우수한 성적으로 이수하였고, 전공 지식이 풍부하여 2015년 정기기사 1회 차에 토목기사를 취득할 수 있었습니다.

2015년 3월에는 '캡스톤 디자인'에 '어도의 설치를 통한 남강댐 생물의 다양성 확보 방안'이라는 주제로 참가하였습니다. 우리나라의 기상여건상 수자원의 효율적 공급과 관리를 위해서는 댐이나 보와 같은 토목시설물이 필요하지만, 이러한 시설물이 수리학적 흐름을 차단하여 어종들이 멸종되고 있었습니다. 이를 해결할 방안으로 '아치형 컨베이어 어도'를 설계하였고 학과에서 가장 높은 성적을 받을 수 있었습니다.

2015년 6월에는 'GPP'라는 해외탐방 프로그램에 참가하였습니다. 현 상황에서 이슈가 되고 있는 물 부족 문제를 전공자로서 보다 심도 있는 고민을 해보기 위하여 '합리적 물 관리와 효율적 물 이용을 위한 선진기술의 탐색과 이해'라는 주제로 글로벌 물 기업을 탐방하였고, 성과발표회를 통해 장려상을 수상하였습니다. 저는 토목분야에 필요한 역량을 갖추기 위해 다방면으로 노력하였고, 앞으로 더 많이 배우고 경험하여 토목분야를 선도하는 인재가 되고 싶습니다.

– 학생 글

발표문

오늘날은 의사표현의 시대이다. 표현을 못하면 자신의 능력을 충분히 표출하기 어렵다. 반면에 의사표현을 잘하면 인생의 목적을 쉽게 달성할 수 있다. 남이 하는 이야기를 건성으로 듣거나 대강 듣거나 적당히 들으면 듣지 않는 것과 같다. 정보를 듣고, 아이디어를 듣고, 지혜를 듣고, 지식과 상식을 듣고, 뉴스를 듣고, 남의 일화를 들음으로써 앞날을 지혜롭게 설계할 수 있다.

의사소통은 내가 상대방에게 메시지를 전달하는 과정이 아니라 상대방과 상호작용으로 메시지를 다루는 과정이다. 따라서 성공적인 의사소통을 위해서는 내가 가진 정보를 상대방이 이해하기 쉽게 표현하는 것도 중요하지만, 상대방이 어떻게 받아들일 것인가에 대한 고려가 바탕이 되어야 한다. 즉 의사소통을 하기 위한 기본적인 자세는 경청하는 일이다. 경청을 함으로써, 상대방을 한 개인으로 존중하게 된다.

스티븐 코비는 '성공하는 사람과 그렇지 못한 사람의 대화 습관에는 뚜렷한 차이가 있음을 말했다. 그 차이점이 무엇인지 단 하나만 꼽는다면 "경청하는 습관"이라고 한다. 우리는 지금껏 말하기, 읽기, 쓰기에만 골몰해 왔다. 하지만 정작 우리의 감성을 지배하는 것은 '귀'이다. 경청이 얼마나 중요한 능력인지, 그리고 우리가 어

떻게 경청의 힘을 획득할 수 있는지 알아야 한다.'

의사표현이란 한마디로 말하기이다. 즉 말하는 이가 자신의 생각과 감정을 듣는 이에게 음성 언어나 신체언어로 표현하는 행위이다. 의사표현에는 음성언어와 신체언어가 있는데, 음성언어는 입말로 표현하는 구어이고, 신체언어는 신체의 한 부분인 표정, 손짓, 발짓,몸짓 따위로 표현하는 몸말을 의미한다. '말'이 우리 생활에 미치는 영향이 매우 크기 때문에 제대로 말을 하는 방법에 대한 노력이 그만큼 커지고 있는 것이다.

의사표현의 종류는 상황이나 사태와 관련하여 공식적 말하기, 의례적 말하기, 친교적 말하기로 구분하며, 구체적으로 대화, 토론, 보고, 연설, 인터뷰, 낭독, 구연, 소개하기, 전화로 말하기, 안내하는 말하기 등이 있다.

첫째, 공식적 말하기는 사전에 준비된 내용을 대중을 상대로 하여 말하는 것이다. 공식적 말하기에는 발표, 강연, 연설, 토의, 토론 등이 있는데, 연설은 말하는 이 혼자 여러 사람을 대상으로 자기의 사상이나 감정에 관하여 말하는 일방적인 말하는 방식이고, 토의는 여러 사람이 모여서 공통의 문제에 대하여 가장 좋은 해답을 얻기 위해 협의하는 말하기이다. 토론은 어떤 논제에 관하여 찬성자와 반대자가 각기 논리적인 근거를 발표하고, 상대방의 논거가 부당하다는 것을 명백하게 하는 말하기이다.

둘째, 의례적 말하기는 정치적, 문화적 행사와 같은 의례 절차에 따라 하는 말하기이다. 예를 들어 식사, 주례, 회의 등이 있다.

셋째, 친교적 말하기는 매우 친근한 사람들이 가장 편안한 분위기에서 떠오르는 대로 주고받는 말하기이다.

공식적 말하기 중에서 발표는 내용을 전달하는 것과 함께 청중과의 소통이 중요하다. 학생들이 학교 현장에서 연습할 수 있는 말하기는 발표가 효과적이다. 학생들은 발표 경험이 많지 않기에 발표하는 행위 자체를 두려워하거나 꺼리는 경우가 많다. 글쓰기를 두려워하는 것과는 다른 차원의 두려움이다.

발표를 효과적으로 하기 위해서는 발표문을 작성할 필요가 있으며, 글쓰기의 단계와 같이 구체적인 계획이 필요하다.

1) 발표 주제 정하기

발표 목적이 정해지고 청중 분석을 하고난 후에 주제의 범위를 결정해야 한다. 발표 주제의 범위가 상식적이면 청중들은 이미 알고 있는 사실이라서 귀 기울여 듣지 않는다. 주제가 광범위하면 청중들에게서 공감을 얻기가 어렵다.

2) 자료 수집과 정리

발표하고자 하는 내용을 구체적으로 전달하기 위해서는 글쓰기를 준비하는 과정처럼 다양하고 풍부한 자료가 준비되어야 한다. 인터넷을 검색하여 찾을 수도 있고, 직접 설문이나, 인터뷰, 설문조사, 탐방 등의 다양한 방법을 활용해야 한다. 흥미로운 자료일지라도 발표주제와 맞지 않거나 필요 없을 때는 과감히 버리는 지혜도 필요하다. 발표주제와 맞지 않으면 논점을 흐려서 발표의 효과를 떨어뜨릴 수 있기 때문이다.

3) 발표 자료 작성하기

발표 자료는 발표 계획서를 구성한 뒤에 PPT나 발표 유인물로 작성한다. PPT로 작성할 때는 키워드를 중심으로 작성하고 전체 체계를 일목요연하게 전달하도록 한다. 하나의 화면에 너무 많은 내용을 담지 말아야 하며, 핵심 내용은 빠뜨리지 말아야 한다. 화면 구성은 원색을 피하고 세 가지 이하의 색을 활용하여 중요한 부분을 강조한다.

표나 그래프, 이미지, 동영상을 활용하여 청중의 흥미를 끌면서 효과적으로 내용을 전달할 수도 있다. 동영상은 꼭 필요할 때만 활용하며 2~3분을 넘지 않도록 해야 한다.

4) 발표 연습과 사전 점검

준비된 발표 자료를 효과적으로 발표하기 위해서는 연습이 필요하며, 발표장에 대한 사전점검도 해 두어야 한다. 발표의 흐름을 자연스럽게 유지하기 위한 연습과 시간 배분을 적절히 할 수 있도록 준비해야 한다. 발표내용을 완전히 익히고 자신있게 발표할 수 있도록 연습하는 시간이 필요하다. 발표 자료를 인터넷과 usb 등 여러 곳에 저장해 두어 발표 현장의 환경에 따라 언제든 자료가 준비되도록 해야 한다.

5) 청중이 공감하며 경청하도록 유도하기

원고를 보면서 발표할 수도 있으나 가급적이면 원고를 보지 않고 청중과 소통하며, 청중의 반응에 따라 말의 속도를 조절할 필요도 있다. 발표의 내용이나 말의 흐름이 끊어지지 않도록 전달하며, 시간 배분을 잘하여 핵심적인 내용을 충분히 전달해야 한다.

6) 상호 존중과 질의응답

청중과 발표자는 말하기의 예의를 갖춰 의미 있는 질문과 답변이 되도록 해야 한다. 청중은 질문을 할 때 핵심을 정확하게 전달해야 하며, 질문이 여러 가지일 때는 미리 밝혀 발표자가 메모하도록 한다. 발표자는 예상 질문에 대해 답변을 미리 준비하는 것도 좋으며, 질문의 내용을 정확하게 파악하여 충실히 답변한다.

7) 평가하기

강의 중에 이루어지는 발표 시간에는 청중으로서 함께 한 학생들이 평가를 할 수 있다. 다른 학생들의 발표를 평가하면서 객관적인 시각으로 발표의 방법과 효과를 점검해 볼 수 있는 좋은 기회가 된다. 발표자들은 발표 평가로 스스로를 반성하고 문제점들을 개선해 나갈 수도 있다.

발표 계획서

발표 일시	
발표자	
발표 세목	
발표 주제	
발표목적	
발표개요 (조사대상, 조사 방법, 개요 등)	

발표 평가지

학과: 성명:

번호	평가기준	잘함	보통	못함
1	사전 준비가 철저하다.			
2	진행시간 배분과 분량이 적절하다.			
3	화면배치가 선명하고 간결하게 구성되었다.			
4	이미지, 도표 등을 잘 이용하였다.			
5	주장이 논리적이고 근거가 충분하다.			
6	결론에 도달하는 방법이 합리적이다.			
7	자신감 있으며, 청중의 관심을 받았다.			
8	시선처리와 화법, 어투가 적당하다.			
9	자세 및 동선, 제스처가 적당하다.			
잘된 점				
수정해야 할 점				

4

프레젠테이션

1) 프레젠테이션의 구성

프레젠테이션은 파워포인트, 플래시, 동영상, 디렉터, 3D, 캐릭터, 실물 모형 등의 제작 도구에 따라 다양한 형태로 진행된다. 파워포인트를 이용한 프레젠테이션 과정은 아래와 같다.

내용 결정	• 프레젠테이션의 목적과 전략을 명확히 설정(파악) • 청중에 대한 정보 수집·분석(의도 및 정보 욕구·내용 파악) • 프레젠테이션 주제 설정 • 프레젠테이션 스토리(시나리오)작성, 결론을 먼저 제시 • 프레젠테이션 시간 설정 • 프레젠테이션 시간 배분

↓

자료 작성	• 기초 자료 수집 • 자료 분석·선택

자료 작성	• 프레젠테이션 스토리(시나리오)에 맞춰 자료 재구성
	• 주제 및 내용에 따라 자료 배치
	• 내용 결정 및 작성(쉬운 말로 간결하게 표현)
	    — 청중의 감성에 호소하면서도 발표자의 이성적 냉철함을 보여줄 수 있는
	      구성
	    — 청중이 유익한 정보로 받아들일 수 있도록 구성
	• 프레젠테이션 내용 시각화(비쥬얼화), 한 화면에는 한 가지 내용만으로 구성
	• 수치는 청중이 이해하기 쉽게 일상적인 것과 비교하여 제시
	  (원·막대·꺾은선·누적형·방사형 그래프, 사진, 그림 등을 사용)
	• 전문 용어나 약어 등의 사용 자제

⬇

발표 준비	• 발표장 확인 • 리허설(발표 연습), 청중 친화적인 어조와 자세 연습

⬇

프레젠테이션	▶ 서론
	  • 주의 유도/분위기 조성/동기 부여
	  • 핵심 내용(포인트) 소개
	  • 프레젠테이션 발표 과정 소개
	
	▶ 본론
	  • 중요 내용(핵심 포인트)제시
	  • 발표 집중, 신뢰감 있는 몸짓, 표정, 목소리
	  • 논리적 전개
	
	▶ 결론
	  • 주의 환기
	  • 중요 내용(핵심 포인트) 요약·강조
	  • 질문 응답 및 최종 마무리
	
	  • 청중을 가르치려 말고, 조급하게 설득하지 않음
	  • 중요 요지는 자주 반복
	  • 청중의 이익을 부각
	  • 프레젠테이션 화면과 청중을 향한 시선은 50:50을 유지
	  • 당당하고 자신감 있는 발표

2) 프레젠테이션 작성 과정

프레젠테이션 자료 작성은 먼저, 목적·주제·스토리(시나리오)를 결정하고, 이에 적합한 자료를 수집하고 분석하여 선택한 다음, 자료를 재구성하여 핵심 내용을 추출하고, 이를 도표(그래프, 사진, 그림) 등으로 나타낸다.

(1) 프레젠테이션을 위한 자료의 재구성

프레젠테이션 내용을 작성하기 위해서는 자신이 이해하거나 파악한 개념 등을 청중의 입장에서 다시 재검토하여 재구성할 필요가 있다. 즉 주제·개념·Data 등이 복잡하게 얽혀 있는 자료를 분류하고 범주화하여 항목별로 정리한 다음, 내용 체계에 맞게 시각화하여 적용한다.

(2) 프레젠테이션 논리 구성

일반적으로 프레젠테이션은 결론을 먼저 제시한다. 즉 결론을 제시하고 이를 뒷받침하는 자료(증거) 등을 정리하고 통합하여 내용 전체의 논리 체계를 구성한다. 청중의 입장에서 이해하기 쉬운 논리 체계는, 결론이 먼저 오게 하고 그 다음 각 장에서 항목 및 소주제, 그리고 각 절에서 세부적인 내용을 제시하는 것이다.

(3) 문장화

프레젠테이션의 논리 체계 구성이 끝나면, 그 핵심 내용을 문장으로 작성한다. 이때 논리 체계에 따라 상위 항목을 소제목으로 작성한다. 그리고 내용에 따라 몇 개의 장이나 절로 분할한다. 논리 체계에 따라 내용을 정리한 문장은 위계에 맞추어 작성한다.
① 문장은 간결하게
② 제목은 주요 어휘만
③ 제목과 내용의 글자 크기, 글자색 조절
④ 내용은 왼쪽, 부제목은 가운데 정렬

(4) 페이지 구성

논리 체계에 따라 정리된 내용을 바탕으로 장/절의 내용을 요약 제시하는 페이지와 각각의 장/절의 세부 내용을 제시하는 페이지를 논리 체계의 순서에 따라 작성한다. 한 슬라이드에 너무 많은 내용을 넣지 않는다.

(5) 도표(그래프, 사진, 그림 등) 이용 목적과 표현방법

프레젠테이션은 타인과 의사소통하는 수단이다. 따라서 도표(그래프, 사진, 그림 등)는 청중(수신인)의 이해를 돕는 도구로써 충분한 기능을 발휘해야 한다. 그러므로 청중의 인식 수준에 맞추어 자료(도표 등)를 작성한다. 프레젠테이션의 목적에 따른 도표 이용의 유의점은 아래와 같다.

① 청중의 이해를 돕는 도구로 기능해야 한다.
② 프레젠테이션의 목적 내지는 핵심 개념 등을 전달할 수 있어야 한다.
③ 개념·범주 등의 요소를 분류하고, 이를 쉽게 이해할 수 있도록 정리한다.
④ 청중의 이해력·인식 능력 등을 고려하여 작성해야 한다.

(6) 도표(그래프, 사진, 그림 등) 배치

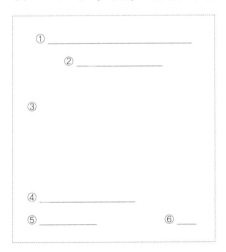

① 내용: 도표에 나타낸 정보의 핵심을 간략하게 기술
② 제목: 도표가 나타내는 정보를 함축하는 제목 기술
③ 도표: 사실이나 확실한 근거로 추론된 내용 혹은 통계 등을 도표로 나타냄

④ 각주: 도표에 나타난 정보에 대한 보충 설명

⑤ 인명, Data의 출처, 기타 도표의 신뢰성을 뒷받침하는 내용(출처 등)

⑥ 자료번호: 자료 분류 및 보관을 위한 번호 기입

사회생활과
실용문

1) 전자우편

　바람직한 사회생활을 하기 위해서는 무엇보다도 정확한 자기표현과 의사소통 능력이 필요하다. 이를 테면 영화를 볼 때 장면이나 배경 음악만 나올 뿐 대화가 없는 경우를 상상해 보자. 아무리 훌륭한 작품이라도 관객 입장에서는 정확한 줄거리를 파악할 수 없어 답답할 뿐만 아니라 영화를 이해하는 데에 상당한 어려움이 뒤따를 것이다. 영화뿐만이 아니라 그림이나 음악, 춤도 예술작품으로 그 나름대로 가치가 있지만 표현이나 이해의 수단으로 한계가 있다.

　말과 글은 가장 효과적인 의사소통의 수단이라 할 수 있다. 사람은 말과 글이 있음으로써 사회생활을 하는 데에 의사소통을 할 뿐만 아니라 생각도 할 수 있고 인간관계도 맺을 수 있다. 사람이 언어생활을 하는 데 필요한 언어에는 음성언어와 문자언어 그리고 전자언어가 있다. 언어생활 의존도면에서 보면 음성언어가 많은 비중을 차지하지만 각각의 쓰임새에 따라 장단점이 있으므로 어느 것이 더 중요하다고 말할 수 없다. 이 장에서는 사회생활을 하는 데에 필요한 전자우편(이메일)을 중심으로 살펴보고자 한다.

(1) 전자우편의 개념

전자우편(이메일)의 등장은 새로운 미디어의 등장과 관련이 깊다. 의사소통미디어는 통시적으로 표출매체(presentation media)와 표상매체(representation media)를 거쳐 기계/전자매체(mechanic/electronic media)의 순으로 이어진다. 즉 음성언어와 문자언어 시대에 이어 컴퓨터나 인터넷 시대가 온 것이다. 전자우편이란 컴퓨터 통신상에서 계정(ID)을 설정하고 새로운 개인통신방법으로 사용자 간에 편지나 여러 정보를 주고받는 것을 말한다.

요즈음 이메일을 보낼 때에 이모티콘도 표현 수단의 한 방법으로 떠오르고 있다. 이모티콘은 인터넷상에서 의사소통을 할 때 개성적이고 정감 있게 표현하기 위해 쓰인다. 이모티콘(emoticon)이란 이모션(emotion)과 아이콘(icon)의 합성어로서 온라인 채팅을 하거나 이메일 그리고 휴대폰으로 문자 메시지를 교환할 때, 글자 대신 기호를 사용해서 분위기를 부드럽게 하거나 간단명료하게 함축적인 뜻을 전하고자 할 때 유용하게 쓰이기도 한다. 그러나 지나친 이모티콘 사용은 감정의 과다 노출로 역효과를 발휘할 수 있고 언어공해가 될 수 있으므로 적절하게 사용해야 한다.

(2) 전자우편의 형식

전자우편은 정보전달이나 문의 또는 친교 및 정서를 주고받을 때 쓰는 가장 실용적인 글이다. 전자우편은 특정한 독자를 대상으로 쓰는 글이기 때문에 '어떠한 사람에게 어떠한 목적으로 쓰는 글이냐'를 미리 염두에 두고 써야 한다.

전자우편은 일정한 형식이 있는 것은 아니지만 받을 사람의 사회적 위치 및 자신과의 관계를 정확하게 인식하고 난 다음 발신자 나름의 형식을 만들면 된다. 일반적으로 편지의 형식이 적용되는데 호칭, 인사 안부, 사연, 끝인사, 날짜, 서명, 추신의 순으로 쓴다.

(3) 전자우편 사용할 때의 유의사항

실제로 이메일을 작성할 때에는 쓰는 사람은 쓰기 전에 그에 맞는 지식이나 기능 그리고 태도를 갖추어야 한다. 지식이란 어떠한 목적으로 글을 쓸 것인지 글의 유형을 알고 그에 맞는 문체나 맥락을 선택하는 것을 말한다. 기능은 쓰는 목적이 효과를 발휘할 수 있도록 상황이나 내용구성을 체계적으로 배열해서 표현 및 의사소통을 명확하게 할 수 있도록 하기 위한 전략을 말한다. 태도는 글쓰기 예절로서 상대방을 고려한 격식이나 배려 등을 말한다. 두 편의 예문을 보고 글쓴이의 준비 상황 및 태도를 점검해 보도록 하자.

교수님 맞춤법 관련해서 질문합니다.

예비군 훈련 때문에 수업에 참여 못한 적이 한번 있어서입니다.

1. 삼가시오/삼가시오

2. 넝쿨/덩굴/넝쿨

3. 불나비/부나비

3. 개구장이/개구쟁이

4. 소금양/소금량 교수님 소금양/량 할 때 ㄱ + ㅡ + ㅁ이니까 량 아닌가요? 이것은 양이라고 해서 궁금합니다!

위의 글은 개인 사정으로 인해 수업에 참석하지 못한 학생이 수업 내용에 관해 문의한 글이다. 글을 쓴 목적은 뚜렷하게 나타나 있으나 이메일이 갖추어야 할 기본형식이나 내용면에서 문제점을 발견할 수 있다. 이를 테면 '삼가시오/삼가하시오'로 해야 할 것을 '삼가시오/삼가시오'로 썼고 문의항목 중 '3'번을 두 번이나 쓰고 있어 부주의한 면을 발견할 수 있다. 또한 '4'번의 경우 지식 면에서 근거가 없는 질문을 하고 있다.

같은 내용을 고친 예문을 살펴보자.

안녕하세요. 교수님!

저는 전자공학과 ○○○입니다.

다름이 아니오라 지난 주 예비군 훈련 때문에 수업에 빠지게 되어 맞춤법에 관해 궁금한 점이 있어 글을 올리게 되었습니다. 직접 교수님을 찾아뵙고 여쭈어야 하나 사정이 여의치 못하여 메일로 보내게 됨을 죄송하게 생각합니다. 궁금한 내용은 다음과 같습니다.

1. 삼가시오/삼가하시오

2. 넝쿨/덩굴/넝쿨

3. 불나비/부나비

4. 개구장이/개구쟁이

5. 소금양/소금량, 질양/질량 에서 이떠한 경우에 '양'이라고 써야 하는지 궁금합니다.

이상 문의한 내용에 관해 알려주시면 감사하겠습니다.
밤낮 일교차가 크니 감기 조심하시길 바랍니다.

2017년 10월 일

○○○ 올림

이 글은 맞춤법에 관한 지식을 알고자 하는 글쓴이의 목적이 뚜렷하게 드러나 있을 뿐만 아니라 이메일이 갖추어야 할 형식이나 기능 그리고 태도도 갖추고 있다. 먼저 인사와 더불어 자신의 소속과 이름을 밝히고 끝인사와 날짜, 서명도 분명하게 씀으로써 편지가 갖추어야 할 요건을 충족하고 있다. 이메일은 얼굴을 직접 보고 하는 의사소통과 달리 보내고 나면 수정이 불가능하므로 글을 쓰고 나서 형식이나 예절에 맞게 썼는지 검토과정을 거치는 것이 바람직하다. 전자우편을 쓸 때 지켜야 할 사항들은 다음과 같다.

① 이메일을 보낼 때는 제목을 달아주는 것이 필요하다. "수업내용에 관한 문의"와 같이 내용의 요지를 알려주는 제목이 바람직하나, 상대방과 친분이 있을 경우 본인의 이름이나 신분을 밝히는 제목을 쓸 수도 있다.

② 일반적으로 꼭 필요한 경우가 아니라면 파일을 첨부하지 않으나, 파일을 첨부할 경우 그 내용에 관한 정보를 본문에 간단하게 언급하는 것이 좋다.

③ 읽는 사람과 자신의 관계를 고려해야 한다. 나이나 친한 정도, 학력, 사회적 관계 등을 고려하여 용어를 적절하게 써야 한다. 학력 정도가 낮은 사람에게 전문용어나 고사 성어를 쓰는 것은 의사소통이 되지 않아 편지의 목적을 달성할 수 없을 뿐만 아니라 독자를 무시한 태도로 보일 수 있다.

④ 이메일의 내용은 시각적으로 한 눈에 들어오게 써야 한다. 글자의 크기나 굵기, 색깔이나 도표를 활용하는 것도 권장할 만하다.

⑤ 일반적으로 이메일의 내용은 간단하지만 전달하고자 하는 내용이 많을 경우 소주제별로 제목을 달아 주는 것이 효과적이다.

⑥ 글을 쓰고 난 후 반드시 쓴 사람을 밝혀야 한다. 이메일이나 모바일 기기로 급하게 보낼 경우, 이름을 밝히지 않으면 보낸 사람이 누구인지 모를 경우가 종종 있기 때문이다.

2) 직장생활과 각종 문서

직장에서 업무 수행은 문서 작성을 중심으로 이루어진다. 문서는 자신의 생각을 상대방에게 정확하게 전달하기 위한 것으로 "읽게 해 주는 것"이 아니라 "읽어주기를 바라는 것"이어야 한다. 또한, 문서는 작성해야 하는 상황에 따라 내용이 결정되고, 내용에 따라 문서의 성격이나 구성을 정해야 한다.

(1) 요청이나 확인을 부탁하는 경우

업무를 추진하다 보면 업무 내용에 대한 요청이나 확인을 요구해야 할 때가 있다. 특히 부서 내에서가 아니라 다른 부서에서 요구하거나 회사차원에서 요구할 때도 있다. 때에 따라서는 외부기관이나 단체에 요청을 해야 할 때도 있다. 그럴 때는 공문서 형식으로 작성하며, 일정한 양식과 격식을 갖추어 작성하여야 한다.

(2) 정보제공을 위한 경우

회사차원이나 대외적으로 추진하는 일은 정보를 제공해야 성사가 되는 경우가 많다. 정보제공을 위한 문서는 신속하게 정보를 알리는 것이 중요하므로 빠르면 빠를수록 효과적이다. 자신과 부서에 대한 정보뿐만 아니라 행사를 개최하거나 새로운 제품을 개발했을 때, 반드시 정보를 제공해야 한다. 일반적으로 회사 자체에 대한 인력보유 홍보나 기업정보를 제공하는 경우에는 홍보물이나 보도자료 등의 문서가 필요하다. 제품이나 서비스에 대해 정보를 제공해야 할 때는 설명서나 안내서 등이 필요하며, 정보제공을 위한 문서를 작성하고자 하는 경우에는 시각적인 자료를 적절하게 활용해야 한다.

(3) 명령이나 지시가 필요한 경우

업무를 추진하다 보면 관련 부서나 외부기관, 단체에 명령이나 지시를 내려야 하는 일이 적지 않다. 막연하게 요청이나 협조를 구하는 차원의 사안이 아니고, 업무를 추진하기 위해 꼭 필요한 문서이기에 명령하고 지시할 내용을 분명히 밝혀야 한다.

(4) 제안이나 기획을 할 경우

회사의 중요한 행사나 업무를 추진할 때 대부분 제안서나 기획서를 작성한다. 하고자 하는 일의 성격에 맞도록 추진 방향을 설정해야 하며, 의견을 정확하게 표현하여야 한다. 제안이나 기획을 위한 글에는 종합적인 판단, 충분한 정보와 지식이 필요하다.

(5) 약속이나 추천을 위한 경우

약속이나 추천을 하기 위한 문서를 작성하기도 하는데 약속은 고객이나 소비자에게 제품의 이용에 관한 정보를 제공할 때, 추천은 개인이 다른 회사에 지원하거나 이직을 하고자 할 때 작성한다.